Verzweifelt darüber, nur Töchter gezeugt zu haben, erklärt ein marokkanischer Vater sein achtes weibliches Kind zum Sohn. Erst in der Pubertät entdeckt Ahmed sein vertauschtes Geschlechtsschicksal und entscheidet, sich dem Wunsch seines Vaters zu beugen und weiterhin ein Mann zu sein. Eine Geschichte, deren verschiedene Wahrheiten im Sande verlaufen, die Geschichte des *Sandkindes*, so der französische Titel.
In *Die Nacht der Unschuld* nimmt Tahar Ben Jelloun die Spur dieses Mann/Frau-Geschöpfes wieder auf. Nach dem Tod seines Vaters beschließt Ahmed, sein verborgenes weibliches Geschlecht zu erforschen. Tahar Ben Jelloun verfolgt das Aufblühen dieses zum Manne verbildeten Weibes, die Entdeckung ihrer Lust, ihre Gefährdung und ihre Zerstörung.

Tahar Ben Jelloun wurde 1944 in Fez (Marokko) geboren. Studium der Philosophie in Rabat und der Psychologie in Paris. Lebt und publiziert seit 1971 in Paris. In französischer Sprache erschienen sieben Romane, sieben Gedichtbände und zwei große Essays. Für *Sohn ihres Vaters* (Rotbuch 1986) erhielt er den literarischen Antirassismus-Preis der Bewegung »SOS Racisme«. In Deutsch erschienen außerdem *Die tiefste der Einsamkeiten* (Roter Stern 1986) und *Harrouda* (Aufbau-Verlag). Für *Die Nacht der Unschuld* erhielt er den »Prix Goncourt 1987«. *Le Monde* schrieb anläßlich der Preisverleihung: »Paradoxerweise gibt Jelloun der französischen Sprache neue Jugendfrische, indem er sie mit alten arabischen Traditionen erfüllt. Mit seiner Hilfe dient die Sprache Racines und Balzacs unter dem Zeichen von Borges dem orientalischen Märchen.«

TAHAR BEN JELLOUN

DIE NACHT DER UNSCHULD

Rotbuch Verlag

TAHAR BEN JELLOUN

DIE NACHT DER UNSCHULD

Aus dem Französischen von
Eva Moldenhauer

Rotbuch Verlag Berlin

Die Übersetzung aus dem Französischen wurde gefördert durch die Gesellschaft zur Förderung der Literatur aus Afrika, Asien und Lateinamerika e.V.

1. Auflage
Originaltitel: La nuit sacrée

Umschlag: Barbara Hanke
unter Verwendung eines marokkanischen Mosaiks
»Das Spinnennetz Gottes«
Satz und Druck: Wagner GmbH, Nördlingen
Printed in Germany ·
ISBN 3 88022 725 x

Inhalt

Vorrede *9*
Ortsbeschreibung *11*
Die Nacht des Schicksals *22*
Ein sehr schöner Tag *32*
Der duftende Garten *37*
Die Spiegel der Zeit *47*
Ein den Rücken streichelnder Dolch *54*
Die Sitzende *61*
Der Konsul *69*
Der Pakt *80*
Niedergeschlagene Seele *91*
Die Unordnung der Gefühle *97*
Das Zimmer des Konsuls *103*
Ein See schweren Wassers *110*
Die Komödie des Bordells *118*
Der Mord *126*
In der Finsternis *129*
Der Brief *136*
Asche und Blut *139*
Die Vergessenen *145*
Meine Geschichte, mein Gefängnis *155*
Die Hölle *161*
Der Heilige *167*

Vorrede

Worauf es ankommt, ist die Wahrheit.

Jetzt, da ich alt bin, habe ich alle Heiterkeit, um zu leben. Ich werde sprechen, die Wörter niederlegen und die Zeit. Ich fühle mich ein wenig schwer. Es sind nicht die Jahre, die am meisten wiegen, sondern all das, was ungesagt geblieben ist, all das, was ich verschwiegen und vertuscht habe. Ich wußte nicht, daß ein Gedächtnis voll Heimlichkeiten und verhaltener Blicke zu einem Sack voll Sand werden kann, der das Gehen erschwert.

Ich habe lange gebraucht, um zu euch zu gelangen. Freunde der Rechtschaffenheit! Der Platz ist immer noch rund. Wie der Wahnsinn. Nichts hat sich verändert. Weder der Himmel noch die Menschen.

Ich bin froh, endlich hier zu sein. Ihr seid meine Erlösung, das Licht meiner Augen. Meine Runzeln sind schön und zahlreich. Jene auf der Stirn sind die Spuren und die Prüfungen der Wahrheit. Sie sind die Harmonie der Zeit. Jene auf dem Rücken meiner Hände sind die Linien des Schicksals. Seht, wie sie sich kreuzen, Glückswege anzeigen, wie ein Stern nach seinem Sturz ins Wasser eines Teichs.

Die Geschichte meines Lebens ist hier eingezeichnet: jede Runzel ist ein Jahrhundert, eine Straße in einer Winternacht, eine klare Quelle an einem nebligen Morgen, eine Begegnung in einem Wald, eine Trennung, ein Friedhof, eine sengende Sonne ... Die Runzel hier auf dem Rücken der linken Hand ist eine Narbe; eines Tages ist der Tod stehengeblieben und hat mir eine Art Stange gereicht. Vielleicht um mich zu retten. Ich habe ihn weggestoßen und ihm den Rücken gekehrt. Alles ist einfach, vorausgesetzt, man schickt sich nicht an, den Flußlauf umzuleiten. Meine Geschichte ist weder groß noch tragisch. Sie ist bloß sonderbar. Ich habe alle Gewalttätigkeiten besiegt, um die Leidenschaft zu verdienen und ein Rätsel zu sein. Ich bin lange durch die Wüste gewandert; ich habe die Nacht durchmessen und den Schmerz gezähmt. Ich habe »die hellsichtige Wildheit besserer Tage« gekannt, jener Tage, an denen alles friedlich wirkt.

Freunde der Rechtschaffenheit! Was ich euch anvertrauen will, ähnelt der Wahrheit. Ich habe gelogen. Ich habe geliebt und verraten. Ich habe das Land und die Jahrhunderte durchquert. Ich bin oft in die Verbannung gegangen, einsam unter den Einsamen. Ich erreichte das Alter an einem Herbsttag, und mein Gesicht ward der Kindheit zurückgegeben, ich meine jener Unschuld, die mir versagt geblieben war. Erinnert euch! Ich war ein Kind mit fragwürdiger, schwankender Identität. Ich war ein Mädchen, maskiert durch den Willen eines Vaters, der sich erniedrigt, gedemütigt fühlte, weil er keinen Sohn hatte. Wie ihr wißt, war ich dieser Sohn, von dem er träumte. Das übrige kennen einige von euch; andere haben hier und dort etwas davon gehört. Diejenigen, die es riskiert haben, das Leben dieses Kindes aus Sand und Wind zu erzählen, haben Ärger bekommen: manche haben das Gedächtnis verloren; andere hätten fast ihre Seele verloren. Man hat euch Geschichten erzählt. Es sind nicht wirklich die meinigen. Auch wenn ich eingeschlossen und isoliert war, gelangten die Nachrichten zu mir. Ich war weder erstaunt noch verwirrt. Ich wußte, daß ich durch mein Verschwinden Stoff für die ausgefallensten Märchen hinter mir ließ. Doch da mein Leben kein Märchen ist, lag mir daran, die Tatsachen zurechtzurücken und euch das Geheimnis preiszugeben, das ich unter einem schwarzen Stein verwahrte, in einem Haus mit hohen Mauern am Ende einer Gasse, verschlossen mit sieben Türen.

Ortsbeschreibung

Nach seiner Beichte war der Erzähler wieder verschwunden. Niemand hatte versucht, ihn zurückzuhalten oder mit ihm zu diskutieren. Er war aufgestanden, hatte sein vergilbtes, vom Mond verwaschenes Manuskript eingesammelt und war, ohne sich umzudrehen, in der Menge untergetaucht.

Diejenigen, die ihm gelauscht hatten, waren verblüfft. Sie wußten nicht, was sie von diesem Mann halten sollten, einem berühmten und beliebten Erzähler der Stadt. Er begann eine Geschichte, brach sie dann ab, griff sie wieder auf, aber nicht um sie fortzusetzen, sondern um ihnen zu sagen, daß er sie nicht erzählen dürfe, weil er vom Unglück besessen sei.

Einige standen nicht mehr unter seinem Bann. Sie zweifelten. Sie mochten diese Pausen der Abwesenheit und des Wartens nicht. Sie hatten kein Vertrauen mehr zu diesem Mann, an dessen Lippen sie einst hingen. Sie waren davon überzeugt, daß er das Gedächtnis verloren hatte und es nicht einzugestehen wagte. Ein Erzähler ohne Gedächtnis zwar, aber nicht ohne Phantasie. Der Beweis: er war aus der Wüste aufgetaucht, das Gesicht von der Sonne geschwärzt, die Lippen von Durst und Hitze aufgesprungen, die Hände vom Tragen der Steine hart geworden, die Stimme heiser, als wäre ein Sandsturm durch seine Kehle gefahren, den Blick auf eine hohe und ferne Linie gerichtet. Es war, als spreche er zu jemandem, der unsichtbar, aber auf einem Thron sitzt, der auf den Wolken steht. Er wandte sich an ihn, als wolle er ihn zum Zeugen anrufen. Das Publikum folgte seinen Gesten und seinem Blick. Es sah nichts. Einige meinten einen Greis auf einem Kamel gesehen zu haben, der eine Handbewegung machte, um den Erzähler nicht hören zu müssen.

Er stammelte unverständliche Sätze. Das überraschte nicht. Oft spickte er seinen Bericht mit Wörtern einer unbekannten Sprache. Das machte er so gut, daß die Leute verstanden, was er sagen wollte. Sie lachten auch. Aber jetzt gab es nur diese unfertigen, abgehackten Sätze voller Kiesel und Speichel. Seine Zunge schlingerte und verknäulte sich dann. Der Erzähler errötete deswegen. Er sah genau, daß er zwar nicht den Verstand – der war nicht seine Leidenschaft –, sondern sein Publikum verlor. Ein Paar war aufgestanden und wortlos weggegangen. Ihm folgten zwei unzufriedene Männer, die murrten. Das war ein böses Zeichen. Niemals verließ man Bouchaibs Kreis. Niemals ging man unbefriedigt fort. Sein Blick löste sich von dem hohen und fernen Punkt und folgte traurig den Weggehenden; er verstand nicht, warum man ging und ihm nicht mehr zuhörte. Man glaubte ihm nicht mehr. Das mochte er nicht wahrhaben. Wenn man der Erzähler gewesen ist, der unangefochtene Herr des Platzes, Gast bei Königen und Fürsten, wenn man eine Generation von Epensängern herangebildet und ein Jahr in Mekka gelebt hat, dann versucht man nicht, die Leute, die den Kreis verlassen, zu halten oder zurückzurufen. Nein, Bouchaib erniedrigt sich nicht, er wahrt seine Würde und seinen Stolz. »Es steht den Leuten frei, zu gehen«, sagte er sich, »meine Traurigkeit ist bodenlos; sie hat sich in einen Sack Steine verwandelt, den ich bis zu meinem Grab tragen werde!«

Ich war da, eingehüllt in meine alte Djellaba; ich beobachtete ihn und sagte nichts. Was hätte ich auch sagen können, um ihn meiner Zuneigung zu versichern? Welche Geste hätte ich machen können, ohne das Geheimnis zu verraten, das er hütete und dessen Verkörperung ich war? Ich wußte zu viele Dinge, und meine Anwesenheit an diesem Ort war kein Zufall. Ich kam von weit her. Unsere Blicke trafen sich. Seine Augen glänzten vor jener Klugheit, die Angst macht. Es war ein bestürzter Blick, vom Unbestimmbaren besessen. Er hing in der Luft. Er erkannte in mir das Gespenst einer unseligen Epoche. Die Hände hinter dem Rücken verschränkt, drehte er sich im Kreis. Ich dagegen war ruhig; ich wartete mit der Geduld der Weisen. Seine Augen richteten sich erneut auf mich, mit wachsender Besorgnis. Sollte er mich erkannt haben, er, der mich niemals zuvor gesehen hatte? Er hatte mir ein Gesicht, Wesenszüge und ein Temperament gegeben. Es war die Zeit des Fabulierens. Ich war sein aufsässiges, ungreifbares Geschöpf. Der Wahnsinn hatte bereits Lücken in sein Gedächtnis gerissen. Der Wahnsinn oder der Betrug.

Mit der Zeit und nach allem, was ich erlebt hatte, wunderte und schockierte mich nichts mehr. Ich war tags zuvor in Marrakesch angekommen, entschlossen, jenen Erzähler zu treffen, den meine Geschichte zugrunde gerichtet hatte. Ohne es zu wissen, ahnte ich, wo sein Platz war, und erkannte sein Publikum. Ich wartete auf ihn, wie man auf einen verräterischen Freund oder einen betrügerischen Liebhaber wartet. Ich hatte die Nacht in einem Zimmer über dem Kornmarkt verbracht. Es roch nach Staub und nach dem Urin der Maulesel. Ich erwachte mit dem ersten Sonnenstrahl und wusch mich am Brunnen der Moschee. Nichts hatte sich verändert. Der Omnibusbahnhof war noch immer so schwarz wie ein Backofen. Das Kaffeehaus hatte noch immer keine Türen. Auch der Kellner – schlecht rasiert, in seinem tausendmal gebügelten, vor Fettflecken glänzenden Smoking, mit seinem geölten Haar und seiner schlecht sitzenden Fliege – behauptete, mich wiederzuerkennen.

– Einen Kaffee mit Zimt, sehr heiß, und einen Maisfladen, wie gewöhnlich, Mutter Fadila …

Er entfernte sich. Ich hatte nicht einmal Zeit, ihm zu sagen: »Ich heiße nicht Fadila; ich verabscheue Zimt im Kaffee und esse lieber Gerstenbrot als Maisfladen …«

Ich frühstückte neben einem Fahrer der Chaouia, der einen gedünsteten Hammelkopf aß, eine Kanne Pfefferminztee trank, dann mehrmals rülpste und Gott und Marrakesch dafür dankte, ihm ein so köstliches Morgenmahl serviert zu haben. Er sah mich an, als wolle er seine Zufriedenheit mit mir teilen. Ich lächelte und verscheuchte mit der Hand den Kifrauch, den er mir ins Gesicht blies. Als er ein junges

Mädchen auf einem Motorroller an uns vorbeifahren sah, strich er seinen Schnurrbart glatt, und seine Miene schien zu sagen, daß nach solch einem Frühstück eine, möglichst jungfräuliche, Kleine seinem Glück die Krone aufsetzen würde.

Nachdem er sich die Zähne gereinigt hatte, gab er die Knochen einer Schar bettelnder Kinder, die sich in eine Ecke verzogen und die Reste verschlangen. Er setzte sich in seinen Lastwagen, machte kehrt und fuhr zum Kaffeehaus zurück:

– Bis nächste Woche, Charlie Chaplin! rief er dem Kellner zu.

Als ich ging, fragte ich den Kellner, wer dieser Kerl gewesen sei.

– Ein ordinärer Kerl! Er glaubt, er kann sich alles erlauben. Er nennt mich Chaplin wegen meines Anzugs, der mir zu groß ist, er verdreckt den Tisch und spuckt auf den Boden. Außerdem hält er sich für schön und verführerisch. Bloß weil einmal eine deutsche Touristin zu ihm in den Lastwagen gestiegen ist. Sie haben Schweinereien getrieben, und er hat das ganze Jahr damit geprahlt. Seitdem hält er auf der Hinfahrt und auf der Rückfahrt hier an, um seinen Hammelkopf zu verschlingen. Sehen Sie, Mutter Fadila, so ein Kerl sollte besser nie aus seinem Lastwagen steigen ...

Der Platz war menschenleer. Wie eine Theaterbühne füllte er sich nach und nach. Die ersten, die sich niederließen, waren die Sahraouis, Händler, die alle nur denkbaren Pulver verkauften: Gewürze, Henna, wilde Minze, Kalk, Sand und andere fein gemahlene magische Mittel. Ihnen folgten die Antiquare. Sie breiteten ihre gelben Manuskripte aus und brannten Weihrauch ab.

Und dann kamen diejenigen, die nichts verkauften. Sie setzten sich mit gekreuzten Beinen auf die Erde und warteten. Die Erzähler ließen sich als letzte nieder. Jeder hatte sein eigenes Ritual.

Ein hagerer, dürrer Mann begann, seinen Turban zu lösen; er schüttelte ihn; feiner Sand fiel heraus. Dieser Mann kam aus dem Süden. Er setzte sich auf einen kleinen Sperrholzkoffer und begann ganz allein zu erzählen, ohne einen Zuhörer. Ich sah ihn von ferne sprechen und gestikulieren, als wäre der Kreis geschlossen und gut gefüllt. Ich näherte mich und traf mitten in einem Satz ein: »... die Würze der Zeit von einer Meute Hunde aufgeleckt. Ich drehte mich um, und was sah ich? Sagt mir, treue Gefährten, ratet, Freunde der Rechtschaffenheit, wer da vor mir auf seiner silbrigen Stute saß, groß in allen Prüfungen, stolz und schön? Die Zeit hat einen schalen Geschmack. Das Brot ist altbacken. Das Fleisch ist verdorben. Die Butter der Kamelkuh ist ranzig... ranzig wie die Epoche, o Freunde, die ihr hier vorübergeht... Man sagt das Leben, und der einsame Aasgeier erscheint...« Ich war seine einzige Kundin. Er hielt inne, ging dann auf mich zu und sagte in vertraulichem Ton:

– Falls Sie jemanden suchen, ich kann Ihnen helfen. Vielleicht bin ich es ja, den Sie wiedersehen möchten. Meine Geschichte ist schön. Es ist zu früh, um sie zu erzählen. Ich werde warten. Suchen Sie einen Ehemann oder einen Sohn? Wenn es ein Sohn ist, dann muß er in Indien oder in China sein. Bei einem Ehemann ist es einfacher. Bestimmt ist er alt, und die Alten lungern in der Moschee oder im Kaffeehaus herum. Aber ich sehe, Sie interessiert weder der eine noch der andere. Ihr Schweigen sagt es mir... Was sagt es mir? Ah! Daß Sie ein Geheimnis an Ihr Herz pressen und daß man Sie nicht länger belästigen soll. Sie gehören zur Rasse der Leute von Ehre. Kein Palaver mit Ihnen. Freundin, gute Reise, und lassen Sie mich meinen Kreis schließen...

Ich entfernte mich, ohne mich umzudrehen, angelockt von den ausladenden und anmutigen Gesten eines jungen Mannes, der einen Koffer auspackte. Er holte verschiedenartige Gegenstände heraus und kommentierte sie in der Absicht, ein Leben, eine Vergangenheit, eine Epoche wiedererstehen zu lassen:

– Hier haben wir Bruchstücke eines Schicksals. Dieser Koffer ist ein Haus. Es hat mehrere Leben beherbergt. Dieser Spazierstock hier kann kein Zeuge der Zeit sein. Er ist alterslos und stammt von einem Nußbaum, der keine Erinnerungen mehr hat. Bestimmt hat er Greise und Einäugige geführt. Er ist schwer und ohne Geheimnis. Schauen Sie sich nun diese Uhr an. Die römischen Ziffern sind blaß. Der kleine Zeiger ist auf Mittag oder Mitternacht festgeklemmt. Der große Zeiger wandert allein herum. Das Zifferblatt ist gelb. Gehörte sie einem Kaufmann, einem Eroberer oder einem Gelehrten? Und diese nicht zusammenpassenden Schuhe? Es sind englische. Sie brachten ihren Besitzer zu Orten ohne Schlamm und Staub. Und dieser kupferne Wasserhahn? Er könnte aus einem schönen Wohnsitz stammen. Der Koffer ist stumm. Nur ich kann ihn befragen. Sehen Sie hier, eine Fotografie. Die Zeit hat ihre Arbeit getan. Ein Familienfoto mit der Unterschrift »Lazarre 1922«. In der Mitte der Vater – vielleicht der Großvater. Er trägt einen schönen Gehrock. Seine Hände liegen auf einem silbernen Stock. Er schaut auf den Fotografen. Seine Frau ist ziemlich verblaßt. Man sieht sie nicht deutlich. Ihr Kleid ist lang. Ein kleiner Junge, eine Fliege auf einem alten Hemd, sitzt zu Füßen der Mutter. Daneben ein Hund. Er ist müde. Etwas abseits steht eine junge Frau. Sie ist schön. Sie ist verliebt. Sie denkt an den Mann ihres Herzens. Er ist abwesend, in Frankreich oder auf den Antillen. Ich stelle mir gern die Geschichte zwischen dieser jungen Frau und ihrem Geliebten vor. Sie wohnen in Guéliz. Der Vater ist Inspektor der Kolonialverwaltung. Er verkehrt beim Pascha der Stadt, dem berühmten Glaoui. Das sieht man an seinem Gesicht. Auf der Rückseite des Fotos steht etwas geschrieben: »Ein angenehmer Nachmittag... April 1922.« Und sehen Sie nun diesen Rosenkranz... Korallen, Bernstein, Silber... Bestimmt gehörte er einem Imam. Vielleicht trug die Frau ihn als Kette... Münzen... ein durchlöcherter Rial... ein Centime, ein marokkanischer Franc... Banknoten, die keinen Wert mehr haben... Ein Gebiß... Eine Bürste... Eine Porzellanschale... Ein Postkartenalbum... Ich höre auf, diese Gegenstände herauszuholen ... Es genügt, daß wir alles in diesen Koffer legen, was Sie beschwert ... Ich bin Abnehmer, vor allem von Geldstücken!

Ich zog einen Ring aus meiner Tasche und warf ihn in den Koffer. Der Erzähler prüfte ihn und gab ihn mir zurück.

– Nimm deinen Ring wieder an dich! Es ist ein seltenes Stück. Er stammt aus Istanbul. Außerdem habe ich etwas entziffert, was ich lieber nicht wissen will. Es ist ein kostbarer Ring; er ist beladen; schwer von Erinnerungen und Reisen. Warum willst du ihn loswerden? Sollte er bei einem Unglück im Spiel gewesen sein? Nein, wenn du etwas geben willst, dann öffne deinen Geldbeutel oder gib gar nichts. Es ist besser, du gehst!

Ohne zu antworten, verließ ich den Kreis unter seinen unruhigen Blicken. Von Zeit zu Zeit kam es vor, daß ich auf meinem Weg Menschen begegnete, die auf meine Gegenwart, auf ein Verhalten oder eine Geste heftig reagierten. Dann sagte ich mir, daß wir vom selben Schlag sein mußten, daß unsere Empfindungen aus denselben Fasern gewoben waren. Ich verübelte es ihnen nicht. Ich ging schweigend fort, davon überzeugt, daß unsere Augen sich noch einmal begegnen würden.

Während ich noch an die Geschichte jener Familie französischer Kolonialherren dachte, in Einzelteilen dem Koffer entstiegen, sah ich eine Frau, die sich um sich selbst drehte, um den riesigen weißen Haik zu entrollen, der ihr als Djellaba diente. Diese Art, sich tanzend zu entschleiern, hatte etwas Erotisches. Ich spürte es sofort, als ich die leichte rhythmische Bewegung der Hüften bemerkte. Sie hob langsam die Arme, so daß ihre Brüste fast ein wenig wippten. Sehr schnell bildete sich ein Kreis von Neugierigen um sie. Sie war noch jung und vor allem sehr schön. Große haselnußbraune Augen, mattbraune Haut, schlanke Beine und ein spöttisches Lächeln. Was wollte sie auf diesem den Männern und ein paar alten Bettlerinnen vorbehaltenen Platz? Alle stellten wir uns diese Frage, als sie eine Kassette mit berberischer Musik in einen Transistor schob, einige Tanzschritte andeutete, dann ein batteriebetriebenes Mikrophon in die Hand nahm und sagte:

– Ich komme aus dem Süden, ich komme aus der Abenddämmerung, ich steige von den Bergen herab, ich bin zu Fuß gegangen, ich habe in Brunnen geschlafen, ich habe die Nächte und den Sand durchschritten, ich komme aus einer Jahreszeit außerhalb der Zeit, niedergelegt in einem Buch, ich bin dieses nie aufgeschlagene, nie gelesene Buch, das die Ahnen geschrieben haben, Ehre sei ihnen, den Ahnen, die mich senden, damit ich sage, euch warne, euch sage und wieder sage. Kommt nicht zu dicht heran. Laßt den Wind die ersten Buchstaben des Buches lesen. Ihr hört nichts. Seid still und hört mir zu: es war einmal ein Volk von Beduinen, Kameltreibern und Dichtern, ein rauhes und stolzes Volk, das sich von der Milch der Kamelkuh und von Datteln ernährte; vom Irrtum geleitet, erfand es seine Götter... Aus Angst vor Schmach und Schande entledigten sich einige von ihnen ihrer weiblichen Nachkommenschaft; sie verheirateten sie im Kindesalter oder begruben sie lebendig. Diesen wurde die ewige Hölle verheißen. Der Islam prangerte sie an. Gott hat gesagt: »Und unter den Beduinen, die rings um euch sind, gibt es Heuchler; und auch unter dem Volke Medinas gibt es hartnäckige Heuchler. Nicht kennst du sie, wir kennen sie; wahrlich, strafen wollen wir sie zwiefältig; alsdann sollen sie überantwortetet werden gewaltiger Strafe.« Wenn ich heute in Versen und Parabeln spreche, so deshalb, weil ich lange Zeit Worte gehört habe, die nicht aus dem Herzen kamen, die in keinem Buch geschrieben standen, sondern aus der Finsternis stammten, die den Irrtum andauern ließ...

In der Menge kam es zu leichten Regungen der Verwunderung und des Unverständnisses. Einige murmelten, andere zuckten die Achseln. Eine Stimme erhob sich:

– Wir sind gekommen, um Musik zu hören und Sie tanzen zu sehen... Wir sind hier nicht in der Moschee...

Ein verführerischer junger Mann schaltete sich ein:

– Ich bin glücklich, Ihnen zu lauschen, Madame. Beachten Sie diese Reaktionen nicht; sie kommen von den Vettern der Beduinen!

Ein anderer junger Mann:

– Eine Erzählung ist eine Erzählung und keine Predigt! Und seit wann wagen es Frauen, die noch nicht alt sind, sich derart zur Schau zu stellen? Haben Sie denn keinen Vater, Bruder oder Ehemann, der Sie daran hindert, Schaden anzurichten?

Da sie solche Kommentare erwartet hatte, wandte sie sich in süßem, ironischem Ton an den letzten Redner:

– Solltest du etwa der Bruder sein, den ich nicht hatte, oder der Ehemann, den die Leidenschaft so sehr verwüstete, daß er seinen zitternden Körper zwischen fetten, behaarten Beinen vergaß? Solltest du jener Mann sein, der verbotene Bilder sammelt, um sie in kalter Einsamkeit hervorzuholen und unter seinem Körper ohne Liebe zu zerknittern? Ah! vielleicht bist du der verschwundene Vater, den das Fieber und die Scham dahinrafften, jenes Gefühl der Verwünschung, das dich in den Sand des Südens verbannt hat?

Lachend bückte sie sich, nahm einen Zipfel ihres Haik, befestigte ihn an der Taille und bat den jungen Mann, das andere Ende zu halten. Langsam drehte sie sich, ihre Füße kaum bewegend, bis sie ganz eingewickelt war:

– Danke! Möge Gott dich wieder auf den rechten Weg bringen! Du hast schöne Augen, rasiere dir den Schnurrbart ab; die Männlichkeit ist anderswo, nicht auf dem Körper, vielleicht in der Seele! Adieu ... Ich habe noch andere Bücher aufzuschlagen ...

Sie sah mich an, wie versteinert, dann sagte sie zu mir:

– Woher kommst du, die du nichts sagst?

Ohne auf eine Antwort zu warten, ging sie fort und verschwand.

Ich hätte ihr gern mein Leben erzählt. Sie hätte ein Buch daraus gemacht und es von Dorf zu Dorf getragen. Ich kann mir gut vorstellen, wie sie die Türen meiner Geschichte eine nach der anderen öffnet und das letzte Geheimnis für sich behält.

Ich war in der Sonne eingenickt. Ein kalter Wind, staubbeladen, weckte mich. Ich fragte mich, ob ich diese junge Frau geträumt oder wirklich gesehen und gehört hatte. Ich war von einer vielfältigen und aufmerksamen Zuhörerschaft umringt. Die Leute meinten, ich würde spielen, nur so tun, als schliefe ich, oder ich würde nachdenken, auf der Suche nach den Bruchstücken einer Geschichte. Es fiel mir schwer, aufzustehen und den Platz zu verlassen. Als ich die Augen öffnete, verstummten sie und horchten. Ich beschloß, ihnen ein paar Worte zu sagen, um sie nicht ganz zu enttäuschen.

– Freunde! Die Nacht hat sich hinter meinen Lidern in die Länge gezogen. Sie räumte auf in meinem Kopf, der sich in letzter Zeit sehr abgeplagt hat. Reisen, Straßen, Himmel ohne Sterne, über die Ufer tretende Flüsse, Sand ... unnütze Begegnungen, kalte Häuser, feuchte Gesichter, eine lange Wanderung ... Ich bin seit gestern hier, vom Wind gestoßen, und weiß, daß ich am letzten Tor angelangt bin, demjenigen, das niemand geöffnet hat, das den gefallenen Seelen vorbehalten ist, das Tor, das nicht genannt werden darf, denn hinter ihm liegt das Schweigen, in jenem Haus, wo die Fragen zu Zement zwischen den Steinen werden. Stellt euch eine Bleibe vor, wo jeder Stein ein glückbringender oder unglückbringender Tag ist, wo sich zwischen den Steinen Kristalle gebildet haben, wo jedes Sandkorn ein Gedanke ist, vielleicht sogar eine Musiknote. Die Seele, die in dieses Haus eindringt, ist nackt. Sie kann nicht lügen oder sich verkleiden. Die Wahrheit wohnt in ihr. Jedes falsche Wort, ob absichtlich oder irrtümlich ausgesprochen, ist ein ausfallender Zahn. Ich habe noch alle meine Zähne, weil ich an der Schwelle dieses Hauses stehe. Wenn ich zu euch spreche, werde ich aufpassen. Ich werde im Innern sein. Ihr werdet mich sehen. Ich werde so erscheinen, wie ich vor euch stehe: ein Körper, in diese Djellaba gehüllt, die mich schützt. Vielleicht werdet ihr das Haus nicht sehen. Jedenfalls nicht zu

Anfang. Aber nach und nach werdet ihr eingelassen, in dem Maße, wie das Geheimnis sich lichtet, bis zur unsichtbaren Nacktheit. Freunde, ich schulde euch diese Geschichte. Ich bin in dem Augenblick angekommen, wo der Erzähler, der sie erzählen sollte, in eine der Fallen gestürzt ist, Opfer seiner Blindheit. Er hat sich in den Fäden der schlafenden Spinne verfangen. Er hat Türen in Mauern gebrochen und hat sie aufgegeben. Er ist in der Mitte des Flusses verschwunden, mein Leben in der Schwebe lassend. Ich habe meinen Körper den Wassern des Flusses anheimgegeben. Ich wurde von vielen Strömungen erfaßt. Ich habe widerstanden. Ich habe gekämpft. Zuweilen warf mich das Wasser an ein Ufer und nahm mich beim ersten Hochwasser wieder mit. Ich hatte keine Zeit mehr zu denken oder zu handeln. Zum Schluß ließ ich mich treiben. Mein Körper läuterte sich; er veränderte sich. Heute spreche ich von einer fernen Epoche zu euch. Aber ich erinnere mich erstaunlich genau an alles. Wenn ich Bilder verwende, so deshalb, weil wir uns noch nicht kennen. Ihr werdet sehen, in meinem Haus fallen die Wörter wie die Tropfen einer Säure. Ich weiß, wovon ich rede: meine Haut zeugt davon. Aber soweit sind wir noch nicht. Tore werden sich öffnen, vielleicht nicht in ihrer Reihenfolge, aber ich bitte euch, mir zu folgen und nicht ungeduldig zu sein. Die Zeit ist das, was wir sind. Sie ist auf unserem Gesicht, in unserem Schweigen, unserer Erwartung. Verdienen wir uns die Zeit der Geduld und der Tage, an denen nichts geschieht.

Die Nacht des Schicksals

Es begab sich im Laufe jener geheiligten Nacht, der siebenundzwanzigsten des Monats Ramadan, jener Nacht, in der das Buch der moslemischen Gemeinschaft »herabgesandt« worden war und die Geschicke der Wesen sich besiegeln, daß mein sterbender Vater mich an sein Bett rief und mich befreite. Er ließ mich frei, so wie man einst die Sklaven freiließ. Wir waren allein, die Tür war verriegelt. Er sprach mit leiser Stimme. Der Tod war da; er strich in diesem Zimmer umher, das nur schwach von einer Kerze beleuchtet war. Je weiter die Nacht voranschritt, desto näher kam der Tod und nahm nach und nach den Glanz von seinem Gesicht. Es war, als streiche eine Hand über seine Stirn und wüsche die Spuren des Lebens ab. Er war heiter und sprach zu mir bis zum frühen Morgen. Man hörte die ständigen Aufrufe zum Gebet und zum Koranlesen. Es war die Nacht der Kinder. Sie hielten sich für Engel oder Paradiesvögel, ohne Schicksal. Sie spielten in den Straßen, und ihre Schreie vermischten sich mit denen des Muezzins, der ins Mikrophon brüllte, damit Gott ihn besser höre. Mein Vater deutete ein Lächeln an, als wollte er sagen, daß dieser Muezzin bloß ein armer Mann sei, der den Koran hersagt, ohne etwas davon zu begreifen.

Ich saß auf einem Kissen neben dem Bett. Mein Kopf befand sich neben dem seinen. Ich hörte ihm zu, ohne ihn zu unterbrechen.

Sein Atem strich über meine Wange; daß er übel roch, störte mich nicht. Er sprach langsam:

– Weißt du, daß in dieser Nacht kein Kind leiden oder sterben dürfte. Denn diese Nacht »ist besser als tausend Monate«. Sie sind da, um die von Gott gesandten Engel zu empfangen: »Hinabsteigen die Engel und der Geist in dieser

Nacht mit ihres Herrn Erlaubnis zu jeglichem Geheiß.« Es ist die Nacht der Unschuld, aber die Kinder sind nicht unschuldig. Sie sind sogar schrecklich. Wenn die Nacht ihnen gehört, wird sie auch uns gehören, uns beiden. Es wird die erste und die letzte sein. Die siebenundzwanzigste Nacht dieses Monats eignet sich für die Beichte, vielleicht auch für die Vergebung. Aber da die Engel unter uns weilen werden, um Ordnung zu schaffen, werde ich vorsichtig sein. Ich möchte die Dinge an ihren Platz zurückstellen, bevor sie sich damit befassen. Hinter ihrer makellos leichten Erscheinung können sie streng sein. Ordnung schaffen heißt zuerst den Irrtum erkennen, jene böse Illusion, die den Fluch über die ganze Familie gebracht hat. Gib mir ein wenig Wasser, meine Kehle ist trocken. Sag mir, wie alt bist du? Ich kann nicht mehr zählen...

– Fast zwanzig...

– Zwanzig Jahre Lüge, und das Schlimmste ist, daß ich gelogen habe, du kannst nichts dafür oder fast nichts. Und das Vergessen ist nicht einmal mehr eine Leidenschaft, es ist eine Krankheit geworden. Verzeih mir, aber ich möchte dir sagen, was ich niemandem je zu gestehen gewagt habe, nicht einmal deiner Mutter, einer Frau ohne Charakter, ohne Freude, aber so gehorsam, welche Öde! Immer bereit sein, Befehle zu befolgen, nie ein Aufbegehren, es sei denn, sie begehrte in der Einsamkeit und in der Stille auf. Sie war in der strengen Tradition der dienstbaren Gattin erzogen worden. Ich fand das normal, natürlich. Vielleicht lag ihr Aufbegehren in einer unausgesprochenen Rache: Jahr für Jahr wurde sie schwanger und gebar mir eine Tochter nach der anderen. Sie belästigte mich mit ihrer nie erwünschten Nachkommenschaft; und ich steckte es ein; ich verzichtete auf das Gebet und lehnte alles ab, was von ihr kam. Und wenn ich einmal in die Moschee ging, dann nicht, um eines der fünf Gebete zu sprechen, sondern um höchst komplizierte Pläne zu schmieden, um einen Ausweg zu finden aus dieser Situation, in der niemand glücklich war. Ich gestehe heute, daß ich Mordgelüste hatte. Und die Tatsache, daß ich an einem heiligen Ort böse Gedanken hatte, einem Ort der Tugend und des Friedens, erregte mich. Ich prüfte alle Möglichkeiten des perfekten Verbrechens. Ah, ich war böse, aber schwach. Doch das Böse duldet keine Schwäche. Das Böse bezieht seine Kraft aus der Entschlossenheit, die nicht hinter sich blickt, nicht zaudert. Ich aber zweifelte. Zu der Zeit, als sich im Land die Typhusepidemie ausbreitete, versuchte ich, ihren Einzug ins Haus zu befördern. Ich enthielt deiner Mutter und deinen Schwestern die Impfstoffe und Arzneien vor, die man uns gab. Ich selbst schluckte sie; ich mußte am Leben bleiben, um sie zu begraben und mein Leben neu zu beginnen. Welche Feigheit, welches Elend! Der Zufall und das Schicksal hielten die Krankheit fern. Der Typhus befiel unsere unmittelbaren Nachbarn, machte einen Bogen um unser Haus und setzte sein Todeswerk fort. O meine Tochter, ich schäme mich dessen, was ich dir sage. Doch in dieser geheiligten Nacht offenbart sich die Wahrheit in uns mit unserer Einwilligung oder ohne unser Wissen. Und du mußt mir zuhören, auch wenn es dir wehtut. Eine Art Fluch hatte sich in der Familie eingenistet. Meine Brüder spannen Ränke, so viele sie nur vermochten. Sie begegneten mir mit kaum verhohlenem Haß. Ihre Worte und Höflichkeitsfloskeln brachten mich auf. Ich konnte ihre Heuchelei nicht mehr ertragen. Doch wenn ich mich in der Moschee absonderte, begann mein Geist auf dieselben Ideen zu verfallen wie sie. An ihrer Stelle hätte ich wahrscheinlich dieselben Gedanken und Gelüste gehabt, denselben Neid empfunden wie sie. Aber neidisch waren sie nur auf mein Vermögen, nicht auf meine Töchter. Gieß mir ein wenig Tee ein, die Nacht wird lang werden. Ziehe die Vorhänge zu; vielleicht hört man dann diesen kreischenden Dummkopf nicht mehr so laut. Die Religion muß in der Stille und Andacht erlebt werden, nicht in diesem Lärm, der den Engeln des Schicksals zutiefst mißfällt. Ist dir klar, was für eine Arbeit sie in wenigen Stunden zu verrichten haben? Saubermachen! Aufräumen! Jedenfalls sind sie wirkungsvoll. Ich spüre, daß sie in diesem Zimmer sind. Ich helfe ihnen beim Reinemachen. Ich möchte sauber weggehen, gereinigt von der Schande, die ich einen großen Teil meines Lebens in mir getragen habe. Als ich jung war, besaß ich Ehrgeiz: ich wollte reisen, die Welt entdecken, Musiker werden, einen Sohn haben, sein Vater und Freund sein, mich ihm widmen, ihm alle Chancen geben, seiner Berufung zu folgen... Ich nährte eine irrsinnige Hoffnung, bis zur Besessenheit. Und diese Hoffnung konnte ich mit niemandem teilen. Deine Mutter war wunschlos. Erloschen. Sie ist immer erloschen und verwelkt gewesen. Hatte sie einen einzigen glücklichen Tag? Das frage ich mich noch heute. Und ich war nicht der Mann, ihr das Glück zu geben, sie zum Lachen zu bringen. Nein, ich war selber erloschen; ich war wie von einem Fluch umgeben. Ich beschloß zu reagieren. Einzig die Ankunft eines Sohnes konnte mir Freude und Leben schenken. Und der Gedanke, dieses Kind zu zeugen, und sollte ich damit dem göttlichen Willen zuwiderhandeln, veränderte mein Leben. Deiner Mutter und ihren Töchtern gegenüber blieb ich derselbe. Gleichgültig und unnachsichtig. Aber mich selbst behandelte ich besser. Ich ging nicht mehr in die Moschee, um zerstörerische Pläne auszuhecken. Ich schmiedete andere Pläne, um dir das Beste zu sichern, um an dich denkend zu träumen. Zuerst existiertest du in meinen Gedanken, dann, als du auf die Welt kamst, hast du zwar den Bauch deiner Mutter verlassen, nicht aber meine Gedanken. Dort bliebst du dein Leben lang, bis zuletzt. Ja, ich stellte dich mir groß und schön vor. Du bist nicht groß, und deine Schönheit bleibt rätselhaft... Wie spät ist es? Nein, sag es mir nicht, ich wußte immer, wie spät es ist, sogar im Schlaf; es muß drei Uhr sein. Bestimmt haben die Engel die Hälfte der Arbeit schon getan. Sie sind immer zu zweit. Vor allem wegen des Transports der Seele. Einer von ihnen legt sie sich auf die rechte Schulter, der andere auf die linke, und in einer einzigen langsamen und anmutigen Bewegung tragen sie die

Seele zum Himmel. Aber heute nacht machen sie sauber. Sie haben keine Zeit, sich um den letzten Seufzer eines Greises zu kümmern. Mir bleiben noch ein paar Stunden, um mit dir zu sprechen, bis Sonnenaufgang, nach dem ersten Gebet des Tages, einem kurzen Gebet, nur um die ersten Strahlen des Lichts zu begrüßen. Ah, ich sprach von deiner Geburt... Welche Freude, welches Glück! Als die Hebamme mich rief, um zu bezeugen, daß die Tradition gewahrt worden war, sah ich, ich bildete es mir nicht ein, nein, ich sah in ihren Armen einen Knaben und kein Mädchen. Ich war bereits vom Wahnsinn besessen. Die Blindheit muß total gewesen sein. Was tut das jetzt zur Sache. Ich bewahre in mir in alle Ewigkeit die wunderbare Erinnerung an deine Geburt. Äußerlich blieb ich der, der ich war: ein reicher Kaufmann, den diese Geburt überglücklich machte. Aber im Innern, in meinen einsamen Nächten stand ich dem unerträglichen Bild des Ungeheuers gegenüber. Oh, ich kam und ging, ganz normal, aber innerlich zerfraß das Böse meine seelische und körperliche Gesundheit. Das Gefühl der Sünde, dann die Verfehlung, dann die Angst. All das trug ich in mir. Eine zu schwere Bürde. Ich habe mich vom Gebet abgewandt. Es gebrach mir an Mut. Und du wuchsest heran in deinem Lichtgewand, ein kleiner Prinz, ein Kind ohne diese elende Kindheit. Umkehren und alles aufdecken kam nicht in Frage. Unmöglich, der Wahrheit zu ihrem Recht zu verhelfen. Die Wahrheit, mein Sohn, meine Tochter, wird keiner erfahren. Das ist nicht einfach. Seltsam, wie hellsichtig das Nahen des Todes uns macht. Was ich dir hier sage, stammt nicht von mir, ich lese es, entziffere es auf einer weißen Wand, wo die Engel sich aufhalten. Ich sehe sie. Ich muß dir sagen, wie sehr ich deine Mutter gehaßt habe. Ich habe sie nie geliebt. Ich weiß, daß du dich zuweilen fragtest, ob zwischen deinem Vater und deiner Mutter Liebe gewesen sei. Die Liebe! Unsere Literatur, besonders die Poesie, verherrlicht die Liebe und den Mut. Nein, nicht einmal Zärtlichkeit. Manchmal vergaß ich sogar ihre Existenz, ihren Namen, ihre Stimme. Nur das vollständige Vergessen half mir bisweilen, das übrige zu ertragen. Das übrige sind die Tränen – immerhin war sie so schamhaft, stumm zu weinen; zumindest diese Tugend gestehe ich ihr zu; die Tränen rannen über ihre Wangen, und ihr Gesicht zeigte nicht den geringsten Ausdruck – stumme Tränen also und immer dasselbe Gesicht, leer, flach, ein mit einem Tuch bedeckter Kopf, und dann die Langsamkeit, mit der sie ging, mit der sie aß; nie ein Lachen oder ein Lächeln. Und deine Schwestern ähnelten ihr alle. Ich werde wütend; ich spüre, daß das Fieber steigt; ich muß aufhören, von dieser Familie zu reden. Dich dagegen habe ich so sehr geliebt, wie ich die anderen haßte. Aber diese Liebe war schwer, unmöglich. Dich habe ich im Licht gezeugt, mit innerer Freude. Für eine Nacht war der Leib deiner Mutter keine Gruft, keine kalte Schlucht mehr. Unter meinen warmen Händen erwachte er wieder zum Leben, er wurde ein duftender Garten; zum erstenmal entwich ihr ein Schrei der Freude oder der Lust. In diesem Augenblick wußte ich, daß dieser Umarmung ein außergewöhnliches Kind entspringen würde. Ich glaube fest an die Gedanken, die in uns sind und uns beeinflussen, wenn wir etwas Wichtiges unternehmen. In dieser Nacht beschloß ich, deiner Mutter künftig Aufmerksamkeit zu schenken. Die Schwangerschaft verlief normal. Als ich eines Tages nach Hause kam, sah ich sie einen schweren Koffer hochheben. Ich stürzte los, um sie daran zu hindern; das war gefährlich für das Kind des Lichts, das sie für mich trug. Du verstehst, daß ich ihr nach der Niederkunft kein besonderes Interesse mehr entgegenbrachte. Unsere Beziehungen, die aus Schweigen, Seufzern und Tränen bestanden, nahmen wieder ihren alltäglichen Verlauf. Der Haß, der alte Haß, stumm, innerlich, nistete sich ein wie zuvor. Ich war ständig bei dir. Sie, schwerfällig und dick, schloß sich in ihr Zimmer ein und sprach nicht mehr. Ich glaube, das beunruhigte deine Schwestern, die sich selbst überlassen blieben. Ich spielte das Spiel der Gleichgültigkeit. In Wahrheit tat ich nicht nur so. Ich war wirklich gleichgültig, ich fühlte mich fremd in meinem Haus. Du aber warst meine Freude, mein Licht. Ich lernte, mich um ein Kind zu kümmern. Das schickt sich nicht bei uns. Und dennoch betrachtete ich dich als Halbwaise. Nach der Beschneidung und der Maskerade begann ich ein wenig den Kopf zu verlieren. Meine Leidenschaft war vom Zweifel verseucht. Ich sonderte mich meinerseits ab, versank in Stummheit. Du, ein fröhliches und sorgloses Kind, gingst von Zimmer zu Zimmer. Du erfandest Spiele; immer für dich allein; sogar mit der Puppe hast du manchmal gespielt. Du verkleidetest dich als Mädchen, dann als Krankenschwester, dann als Mama. Du mochtest Verkleidungen. Wie oft mußte ich dir in Erinnerung rufen, daß du ein kleiner Mann warst, ein Junge. Du lachtest mir ins Gesicht. Du machtest dich über mich lustig. Das Bild, das ich von dir hatte, verlor sich, kehrte zurück, durch deine Spiele getrübt. Der Wind lüpfte es wie eine über einen Schatz gebreitete Decke. Der Sturm trug es davon. Damals wirktest du ratlos, bestürzt, dann fandest du deine Heiterkeit wieder... Wieviel Weisheit in diesem kleinen Körper, der sich allen Liebkosungen entzog. Erinnerst du dich meiner Ängste, als du Versteck spieltest? Du verbargst dich in der bemalten Holztruhe, um Gottes Blick zu entgehen. Seit man dich gelehrt hatte, daß Gott überall ist, alles weiß und alles sieht, war dir kein Kunststück zu schwer, um dich seiner Gegenwart zu entziehen. Du hattest Angst davor oder tatest nur so, ich weiß es nicht mehr...

Seine Augen schlossen sich über diesen Zweifel. Sein zur Seite gewandtes Gesicht berührte das meine. Er schlief. Ich lauschte auf seine Atemzüge. Seine schwache Atmung bewegte kaum die schwere, weiße Wolldecke. Ich war auf der Lauer, ich wartete auf jenen letzten Seufzer, der die Seele austreibt. Ich dachte, daß man das Fenster ein wenig öffnen müßte, um sie hinauszulassen. Als ich aufstehen wollte, klammerte er sich an meinen Arm. Aus der Tiefe seines Schlafs hielt er mich zurück. Abermals war ich die Gefangene einer seiner Pläne. Ein Gefühl des Unbehagens und der Angst überkam mich. Ich befand mich in den Fängen eines Sterbenden. Das Kerzenlicht wurde schwächer. Langsam näherte sich am Himmel der Morgen. Die Sterne verblaßten. Da dachte ich an das, was er mir erzählt hatte. Welche Vergebung konnte ich ihm gewähren? Die des Herzens, des Verstandes oder der Gleichgültigkeit? Das Herz war schon recht hart geworden; das bißchen Menschlichkeit, das übrigblieb, hielt ich in Reserve; der Verstand reichte ja aus, mich am Lager dieses Mannes zu halten, der mit dem Tode rang; die Gleichgültigkeit gibt nichts und gibt alles, und außerdem war ich nicht in der Stimmung, mich gehenzulassen. Ich zwang mich, den letzten Worten dieses Mannes zu lauschen und seinen Schlaf zu bewachen. Ich hatte Angst, einzunicken und Hand in Hand mit dem Tod aufzuwachen. Draußen waren die Korangesänge verstummt. Die Kinder waren nach Hause gegangen. Die Gebete waren beendet. Bald würde die Nacht des Schicksals die Schlüssel der Stadt dem Tag übergeben. Das schwache, sanfte Licht legte sich langsam auf die Hügel, auf die Terrassen, auf die Friedhöfe. Die Kanone verkündete den Sonnenaufgang und den Beginn des Fastens. Mein Vater schreckte aus dem Schlaf. Auf seinem Gesicht lag nicht mehr Angst, sondern Panik. Seine Stunde war gekommen, wie man sagt. Zum letztenmal wohnte ich der Arbeit des Todes bei. Er vernachlässigt nichts, wieder und wieder streicht er über den ausgestreckten Körper. Jedes Wesen versucht, sich zu wehren. Mein Vater flehte mit den Augen; er erbat noch eine Stunde, noch ein paar Minuten; er hatte mir noch etwas zu sagen:

– Ich habe ein wenig geschlafen und habe das Bild meines Bruders gesehen; sein Gesicht war zur Hälfte gelb und zur Hälfte grün; er lachte, ich glaube, er verhöhnte mich; seine Frau stand hinter ihm und stieß ihn; er bedrohte mich. Ich wollte es vermeiden, dir in der heutigen Nacht von diesen beiden Ungeheuern zu erzählen, aber ich muß dich unbedingt vor ihrer Habgier und ihrer Grausamkeit warnen. Ihr

Blut nährt sich von Haß und Bosheit. Sie sind gefährlich. Sie sind geizig und herzlos, scheinheilig, verschlagen und ohne Stolz. Sie bringen ihr Leben damit zu, Geld zu scheffeln und es zu verstecken. Jedes Mittel ist ihnen recht; sie schrecken vor nichts zurück. Mein Vater schämte sich dieses Sohnes; er sagte zu mir: »Woher nur hat er dieses Laster?« Er ist die Schande der Familie. Er gibt sich als armer Mann aus und wartet, bis der Markt schließt, um das Gemüse zum niedrigsten Preis zu kaufen. Er feilscht um alles, jammert, weint, wenn es sein muß. Allen sagt er, ich sei die Ursache seines Unglücks, ich hätte ihn an den Bettelstab gebracht. Einmal hörte ich ihn zu einem Nachbarn sagen: »Mein älterer Bruder hat mir mein Erbteil gestohlen; er ist habgierig und ohne Mitleid; sogar wenn er stirbt, darf ich nichts erben. Er hat gerade einen Sohn bekommen. Ich lege meine Sache in Gottes Hand. Er allein wird mir Gerechtigkeit widerfahren lassen, hier oder dort!« Weißt du, daß sie uns manchmal, aber sehr selten, zum Essen einluden. Die Frau kochte das Fleisch nur ganz kurz und vergrub es unter einem Haufen Gemüse. Das Fleisch war so zäh, daß es unangetastet in der Schüssel liegenblieb. Am nächsten Tag kochte sie es normal für sie selber. Keiner machte sich etwas vor! Weder sie noch er kannten irgendwelche Scham. Sei auf der Hut, geh ihnen aus dem Weg, sie sind bösartig...

Nach einer Pause begann er sehr schnell zu sprechen. Ich verstand nicht alles. Er wollte das Wesentliche sagen, aber sein Auge verirrte sich, verlor sich in der Ferne, kehrte zu mir zurück, seine Hand preßte noch immer die meine:

– Ich bitte um deine Vergebung... Dann kann Er, der meine Seele besitzt, sie tragen, wohin er will, in seine blühenden Gärten, in seine friedlichen Flüsse, oder sie in den Krater eines Vulkans werfen. Zuvor jedoch gewähre mir die Gnade des Vergessens. Denn das ist die Vergebung. Du bist jetzt frei. Geh fort, verlasse dieses verfluchte Haus, mache Reisen, lebe!... Lebe!... Und blick nicht zurück auf das Unheil, das ich hinterlasse. Vergiß und nimm dir Zeit zu

noch zu leben hatten, zu verschenken, sie dieser Nacht zum Opfer zu bringen, in der die Sterne sich entfernen, der Himmel sich öffnet und die Erde sich ein wenig schneller dreht als sonst. Diejenigen, die kamen, um sich auf die Karren zu legen, hatten als Reichtum nur ein wenig Zeit, ein bis sieben Tage. Die anderen klammerten sich an das Geld und an die Illusion.

Durch das kleine Fenster beobachtete ich den Zug. Vor Sonnenaufgang mußte er die Stadt verlassen haben. Der Morgen dieses siebenundzwanzigsten Fastentags glich den anderen Morgen. Keine Spur der nächtlichen Säuberung durfte zu sehen sein. Ich betrachtete meinen Vater, den leicht gewordenen, jeglicher Substanz entleerten, der rohen Materie zurückgegebenen Körper; und ich sagte mir, daß mit etwas Glück seine Seele in einem der letzten Karren wäre. Müde, aber erleichtert setzte ich mich auf die Bettkante und weinte, nicht vor Traurigkeit, sondern vor Erschöpfung. Ich war befreit, aber die Dinge sollten sich nicht so abspielen, wie ich es erhoffte.

Obwohl wieder eine Frau geworden, zumindest vom Erzeuger als solche anerkannt, mußte ich das Spiel noch so lange weiterspielen, bis ich die Nachlaß- und Erbschaftsangelegenheiten geregelt hatte. Das Haus war verfallen. Man hätte meinen können, daß die Steine in dieser Nacht neue Risse bekommen hatten. Plötzlich – oh, in wenigen Stunden – hatte sich alles verändert. Meine Schwestern spielten die Klageweiber. Meine Mutter, ganz in Weiß gehüllt, übernahm die Rolle der Trauernden. Meine Onkel kümmerten sich geschäftig um das Begräbnis. Und ich, in meinem Zimmer eingekapselt, ich wartete.

Es war ein sonniger Frühlingstag. Bei uns ist der Frühling unbekümmert. Er wühlt die Bougainvilleen auf, erhöht die Farben der Felder, tupft ein wenig mehr Blau in den Himmel, belädt die Bäume und kehrt traurigen Frauen den Rükken. Und ich war eher traurig. Doch in diesem Jahr beschloß ich, alles, was mich quälte und schwarze Tinte in meine Gedanken goß, aus meinem Geist zu vertreiben. Sonst lachte ich selten und war nie komisch. Jetzt aber wollte ich dem Frühling gehören.

Meine Freunde! Heute kann ich es euch gestehen: es war hart! Fröhlich sein hieß bereits Gesicht und Körper wechseln, neue Gesten erlernen und sich geschmeidig bewegen. Die außergewöhnliche Hitze jenes Tages bestärkte mich in meiner Überzeugung: der Frühling war nicht im Haus; er strich um es herum. Gerüche und Düfte drangen aus den benachbarten Häusern und Gärten zu mir. Bei uns hatte die Trostlosigkeit einen beißenden, stickigen Geruch. Der Weihrauch, den meine Onkel abbrennen ließen, war von schlechter Qualität. Das Paradiesholz war in Wirklichkeit ein ganz ordinäres Holz, vermischt mit unheilverkündenden Düften. Die Leichenwäscher, die es wie immer eilig hatten, schluderten bei der Toilette des Toten und stritten sich dann mit meinem Onkel, der um ihren kargen Lohn feilschte. Es war schandbar und gleichzeitig komisch, während der eintönigen Gesänge des Korans die Verhandlungen zwischen den drei Leichenwäschern und meinem Onkel zu hören. Ich lachte, weil es zur Posse geriet:

– Ihr wascht den Toten und leert unsere Taschen!

– Eines steht fest: am Tag deines Todes wird keiner von uns kommen und dich waschen, du wirst mit deinem Dreck in die Grube fahren, und selbst wenn du ins Paradies kommen solltest, wird man dich am Tor abweisen, weil du stinkst! Das ist die Strafe der Geizigen ... Und Gottes Güte wird ihnen nicht zuteil.

Mein Onkel erbleichte, stammelte ein Gebet und zahlte den Männern den Preis, den sie verlangten. Ich beobachtete ihn vom Fenster aus und frohlockte. Eine Hand zog meinen Onkel in eine Ecke: es war die knöcherne Hand seiner Frau, Meisterin im Geiz, im Haß und in Ränken. Eine gefährliche Frau. Ich werde euch ein andermal von ihr erzählen, denn auch sie verdient, daß man ihr Los erwähnt. Sie hatte ihrem Mann gedroht, weil er den Wäschern nachgegeben hatte.

Ein oder zwei Tage lang mußte ich noch den unsichtbaren Sohn spielen. Ganz in Weiß gekleidet ging ich hinunter, um das Begräbnis zu leiten. Ich trug eine dunkle Brille und bedeckte meinen Kopf mit der Kapuze meiner Djellaba. Ich sagte kein Wort. Die Leute verbeugten sich vor mir, um mich zu grüßen und mir ihr Beileid auszusprechen. Sie küßten mich flüchtig auf die Schulter. Ich schüchterte alle Welt ein, und das kam mir zupaß. In der großen Moschee wurde ich natürlich ausersehen, das Totengebet vorzusprechen. Ich tat es mit innerer Freude und kaum verhohlenem Vergnügen. Eine Frau rächte sich nach und nach an einer haltlosen Männergesellschaft. Jedenfalls traf es auf die Männer meiner Familie zu. Als ich niederkniete, konnte ich nicht umhin, an die bestialische Begierde zu denken, die mein Körper – durch diese Stellung zur Geltung gebracht – in diesen Männern wecken würde, wenn sie wüßten, daß sie hinter einer Frau beteten. Ich will hier gar nicht von denen sprechen, die an ihrem Glied hantieren, sobald sie einen solcherart dargebotenen Hintern sehen, sei es den eines Mannes oder den einer Frau. Verzeiht mir diese Bemerkung, leider entspricht sie der Wirklichkeit...

Das Ritual des Todes verlief ohne Zwischenfall. Alles ging glatt. Das schönste Bild, das ich von diesem Tag bewahre, ist die Ankunft auf dem Friedhof. Eine strahlende Sonne hatte einen ewigen Frühling in diese Stätte gebracht, wo alle Gräber mit wilden Kräutern von lebhaftem Grün bedeckt waren, mit Mohnblumen, die dieses Licht verzauberte, und von unbekannter Hand verstreuten Geranien. Es war ein Garten, in dem einige hundertjährige Olivenbäume durch ihre unwandelbare und bescheidene Gegenwart den Frieden der Seelen garantieren sollten. Ein Koransänger war auf einem Grab eingeschlummert. Kinder spielten auf den Bäumen. Ein Liebespaar hatte sich hinter einem hohen Grabstein versteckt, um sich zu küssen, ohne gesehen zu werden. Ein junger Student las im Gehen und gestikulierend *Hamlet.* Eine Frau im Brautkleid stieg von einem weißen Pferd. Ein Reiter in der blauen Gandura des Südens ritt auf seiner Stute durch den Friedhof. Es sah so aus, als suche er jemanden.

Dort angekommen, zerstreute sich der Leichenzug. Einige schützten ihre Augen mit den Armen, da sie ein so intensives Licht nicht ertragen konnten. Man vergaß den Toten. Die Totengräber machten sich auf die Suche nach der Grube, die sie vorbereitet hatten. Straßenkinder, die dem Zug gefolgt waren, begannen zu tanzen und näherten sich wie in einem Ballett dem Körper, hoben ihn hoch, drehten sich um sich selbst, ein afrikanisches Lied trällernd, und legten ihn dann mit langsamen Gesten und Bewegungen in eines der am Morgen ausgehobenen Gräber. Bestürzt rannten die Totengräber herbei und verjagten die Kinder, sie mit Schaufeln und Hacken bedrohend. Die Braut kam auf mich zu und legte mir ihren herrlichen, mit Goldfäden bestickten Burnus um die Schultern. Sie flüsterte mir ins Ohr: »Er erwartet dich auf einer graugefleckten weißen Stute ... Geh zu ihm, frage mich nicht, warum, geh und sei glücklich ...« Dann verschwand sie. War es eine Erscheinung, ein Bild, Teil eines Traums, eine der siebenundzwanzigsten Nacht entglittene Zeitspanne, eine Stimme? Ich war noch geblendet, als ein starker Arm mich um die Taille packte und hochhob: der schöne Reiter trug mich auf seiner Stute fort, und niemand sagte ein Wort. Ich wurde entführt wie in den alten Märchen. Er galoppierte durch den Friedhof. Ich konnte gerade noch einen Blick auf den Körper meines Vaters werfen, den die Totengräber anhoben, um ihn nach den Vorschriften der islamischen Religion zu beerdigen. Ich sah auch, wie meine Onkel, von Panik ergriffen, rückwärts aus dem Friedhof gingen.

Es war ein schöner, ein sehr schöner Tag.

Der duftende Garten

– O Sonne auf Mond, o Mond der Monde, Stern voller Nacht und Licht, dieser mit Goldfäden bestickte Burnus ist deine Bleibe, das Dach deines Hauses, die Wolle, die deine Träume webt, die warme Decke der langen Winternächte, wenn ich abwesend sein werde... Aber ich werde dich nie allein lassen, ich habe zu lange gewartet, um dich allein zu lassen, und sei es nur für eine Nacht...

Die Reise dauerte den ganzen Tag. Hin und wieder sprach er zu mir, sagte immer dieselben Worte, nannte mich bald »Prinzessin des Südens«, bald »Mond der Monde«, bald »erstes Licht des Morgens«. In den Burnus gehüllt saß ich hinter ihm, meine Arme umschlangen seine Taille. Die Stöße der Stute bewirkten, daß meine gekreuzten Arme in einem Auf und Ab seinen festen Bauch streichelten. Ich hatte befremdliche Eindrücke, denen ich mich überließ, darauf verzichtend, mir Fragen zu stellen, wie wenn im Halbschlaf der Traum weitergeht. Es war das erstemal, daß ich auf einem Pferd saß. So sammelte ich die Erregungen mit einer inneren Freiheit, die meinen ganzen Körper erwärmte. Das Abenteuer war zunächst jenes Gefühl des Befremdlichen, aus dem die Lust erwuchs. Mein Kopf ruhte an seinem Rücken, ich schloß die Augen und murmelte ein Kinderlied. Gestern noch half ich der Seele eines Sterbenden, zum Himmel aufzusteigen, heute schließe ich einen Unbekannten, vielleicht einen von den Engeln jener siebenundzwanzigsten Nacht gesandten Prinzen in die Arme, einen Prinzen oder einen Tyrannen, einen Abenteurer, einen Banditen der steinigen Wege, jedoch einen Mann, den Körper eines Mannes, dessen Augen ich kaum wahrgenommen hatte, denn er war verschleiert... einen jener Männer der Wüste, die man die Blauen nennt!

Die soeben erst freigelassene Sklavin wurde entführt, um vielleicht in ein neues Gefängnis zu geraten, ein Schloß mit dicken und hohen Mauern, von bewaffneten Männern bewacht, ein Schloß, das weder Türen noch Fenster hat, nur einen Eingang, ein oder zwei Steinplatten, die sich verschieben, um den Ritter und seine Beute durchzulassen...

Ich döste. Ich träumte. Ich vergaß. Ein kühler Wind streichelte meine Wangen. Eine Freudenträne, der Kühle geschuldet, rann über mein Gesicht. Der Himmel war blau, rot, malvenfarben. Bald würde die Sonne untergehen. An diesem Fastentag hatte ich weder Hunger noch Durst. Mein Ritter hielt kurz an und sagte mir dann, als wüßte ich um seine Gewohnheiten:

– Wir werden bei den Kindern Rast machen. Mit etwas Glück können wir bei ihnen das Fasten brechen.

– Welchen Kindern?

Er antwortete nicht.

Das Dorf lag in einem kleinen Tal, das wir auf einem geheimen Pfad erreichten. Hindernisse waren aufgestellt, von Kindern bewacht. Jedesmal mußte man die Losung sagen, die aus vier Sätzen bestand; das Ganze war ein Gedicht, das mein Ritter sehr gut kannte:

Wir sind die Kinder, die Gäste der Erde
Aus Erde gemacht kehrn wir zu ihr zurück
Das Glück für uns Irdische nicht lange währte
Doch Nächte des Glücks verscheuchen den Kummer

Ich erkannte das Gedicht von Abû-l-Alâ al-Ma'arrî nicht sofort wieder. Zwar hatte ich in meiner Jugend den *Risalat al Gufran* gelesen, aber ich erinnerte mich nicht an diese Verse. Am Abend kam eines der Kinder zu meinem Ritter und sagte:

– Nun, Scheich, wie fandest du die Hölle, was haben dir die Toten gesagt und was haben die Verdammten mit dir gemacht?

– Nach dem Essen werde ich euch von meiner Reise erzählen.

In diesem Dorf gab es nur Kinder. Wir waren die einzigen Erwachsenen. Die aus roter Erde gebauten Häuser waren von großer Schlichtheit. Es mochten etwa hundert Kinder hier wohnen, Knaben und Mädchen. Die Terrassengärten waren schön abgezirkelt und erstaunlich gut gepflegt. Sie lebten autark, weit ab von der Stadt, weit ab von den Straßen, weit ab vom Land selbst. Eine perfekte Organisation ohne Hierarchie, ohne Polizei und ohne Armee. Keine geschriebenen Gesetze. Es war eine richtige kleine Republik, von Kindern erträumt und gelebt. Ich war verwundert. Mein Ritter spürte, daß ich gespannt war, mehr zu erfahren und zu verstehen. Wir zogen uns zurück; er legte seinen Schleier ab, und ich sah zum erstenmal sein Gesicht. Während er sprach, erforschte ich seine Züge: große braune Augen, dichte regelmäßige Brauen, ein feingeschnittener Mund, ein dichter Schnurrbart, eine matte, sehr braune Haut. Er sprach sanft, ohne mich wirklich anzuschauen:

– Ich habe sieben Geheimnisse. Um deine Freundschaft zu verdienen und Vergebung zu erlangen dafür, daß ich dich brutal entführt habe, werde ich sie dir eines nach dem anderen anvertrauen. Das wird einige Zeit in Anspruch nehmen, die Zeit, uns kennenzulernen und der Freundschaft zu erlauben, sich unserer Herzen zu bemächtigen. Mein erstes Geheimnis ist dieses Dorf. Niemand kennt es. Hier lebt nur, wessen Herz gelitten hat und wer sich keiner Illusion über die menschliche Gattung mehr hingibt. Im allgemeinen erklären wir die Wurzeln des Geheimnisses nicht, aber ich schulde dir ein Minimum an Aufschluß, um deine Besorgnis zu zerstreuen.

– Ich bin nicht besorgt.

Das stimmte. Nicht nur empfand ich keinerlei Furcht, ich hatte auch das tiefe Gefühl der Übereinstimmung zwischen einem Bild und seinem Widerschein, zwischen einem Körper und seinem Schatten, zwischen einem Traum, der meine einsamen Nächte heimsuchte, und einer Geschichte, die ich mit glücklicher Neugier erlebte. Ich war wie ein Kind, das seine erste Reise macht. Jedenfalls war diese erste Nacht für mich der Beginn eines überraschenden Abenteuers. Mein Ritter, den alle Scheich nannten, mußte von seiner Mission berichten. Er kehrte nach langer Abwesenheit ins Dorf zurück.

Ein rothaariger Junge, kaum zehn Jahre alt, kam mit runden Augen auf mich zu und sagte:

– Willkommen! Ich bin zur Freundschaft abgeordnet, möglicherweise zur Liebe.

– Und worin besteht dein Amt? fragte ich ihn.

– Um verstehen zu können, wie die Dinge in diesem Dorf vor sich gehen, mußt du zunächst vergessen, woher du kommst und wie du da drüben gelebt hast, auf der andern Seite des Tals. Wir leben hier unter der Herrschaft von Prinzipien und Gefühlen. Das erste Prinzip ist das Vergessen. Ob du nun hundert Jahre oder hundert Tage gelebt hast, wenn du hier eintriffst, mußt du alles aus deinem Gedächtnis getilgt haben. Wenn es dir nicht gelingt, haben wir Pflanzen, um dir zu helfen.

– Aber was machst du hier?

– Ich ziehe die Pflanzen, die den Gefühlen der Fülle und Harmonie förderlich sind. Unsere Gemeinsamkeit besteht darin, daß wir alle einem Leid, einer Ungerechtigkeit entspringen; wir haben das Glück, die Zeit anhalten und den Schaden beheben zu können. In Wirklichkeit ist dieses Dorf ein Schiff. Es fährt auf stürmischen Wassern. Nichts verbindet uns mehr mit der Vergangenheit, mit dem Festland. Das Dorf ist eine Insel. Hin und wieder schicken wir den Scheich auf Informationsreise. Gewöhnlich kommt er mit verlassenen oder entlaufenen Kindern zurück. Es ist das erstemal, daß er eine Prinzessin mitbringt. Sei willkommen!

Der Rothaarige küßte mir die Hand und verschwand. Ein braunes Mädchen mit lockigem Haar, etwa im gleichen Alter wie der Junge, kam auf mich zu. Ich war wohl eine Kuriosität. Eine Weile sah sie mich wortlos an, ging um mich herum und strich mit der Hand über meinen Burnus. Dann, als wären wir alte Bekannte, näherte sie sich und sagte mir ins Ohr:

– Laß dir vom Scheich nichts gefallen; er ist sehr schön und verführerisch. Du wirst schon sehen, Zeit und Erfahrung werden dich lehren, woran du mit den Männern bist. Hier gibt es dieses Problem nicht. Wir sind Kinder und bleiben es. Es ist einfach; es ist bequem...

Als sie den Scheich gewahrte, ergriff sie die Flucht und sagte:

– Ich hoffe, daß du bei uns bleibst...

Auch ich begann meinen Ritter »Scheich« zu nennen. Dabei war er nicht alt, er hatte keinen weißen Bart und wirkte eher wie ein durchtrainierter Athlet.

Er brachte das Abendessen. Dicke Suppe, Datteln und getrocknete Feigen. Nach kurzem Schweigen fragte er mich, was der Rothaarige und das Mädchen mir gesagt hätten.

– Nichts, oder vielmehr seltsame Dinge ohne Zusammenhang.

Ich war so müde, daß ich auf der Stelle einschlief, eingehüllt in meinen Burnus. Es war eine Nacht, die verwobene Träume bevölkerten. Alles vermischte sich in meinem Geist. Als ich am Morgen erwachte, war ich außerstande, die Träume von den Visionen zu unterscheiden. Das grüne Laub, die Blumen, die Bäume, die Vögel, die Bäche, die ganze Umgebung erregte meine Phantasie, verwirrte meine Sinne und meine Wahrnehmung. Jedenfalls hatte ich beschlossen, darauf zu verzichten, das Wirkliche vom Imaginären zu unterscheiden, vor allem konkret in Erfahrung zu bringen, wo ich mich befand, was ich tat und mit wem ich diese Augenblicke erlebte. Von meinem Fenster aus erblickte ich den Scheich, der Holz schleppte, während die Kinder den Boden bearbeiteten, das Dorf säuberten oder das Essen kochten. Jeder hatte etwas zu tun. Ich ging hinaus, um mir das Dorf bei Tageslicht anzusehen. Einige lächelten mir zu, andere hielten inne und grüßten mich mit gefalteten Händen. Ich lernte, natürlich zu gehen, ohne mich zu verkrampfen, ohne mich um die Blicke zu kümmern. Meine Überraschung war groß: ich fand zu einer angeborenen Anmut zurück! Mein Körper befreite sich ganz von selbst. Schnüre und Fäden lösten sich nach und nach. Ich spürte körperlich, daß meine Muskeln ihre Härte verloren. Die Verwandlung erfolgte beim Gehen. Ich konnte besser atmen. Ich legte die Hände auf meine kleinen Brüste. Es bereitete mir Vergnügen. Ich massierte sie in der Hoffnung, sie sprießen, aus ihrer Versenkung hervorbrechen, sich stolz aufrichten und die Vorübergehenden aufreizen zu sehen. Ich erinnerte mich an die ferne Zeit, als Lalla Zineb, eine gewaltige Frau, die bei den Nachbarn wohnte, hin und wieder zu uns kam, um meiner Mutter zu helfen. Sie nahm mich in ihre Arme, steckte meinen Kopf zwischen ihre schweren Brüste und drückte mich an sich, vor Freude oder vor Neid. Sie hatte keine Kinder, und ihr Mann hatte sie verlassen wegen zweier anderer Gattinnen, die ihm viele Kinder schenkten. Also drückte sie mich an sich, trug mich auf dem Rücken, tätschelte meine Wangen, klemmte mich zwischen ihre gespreizten Schenkel. Ich war ihr Objekt, ihr Spielzeug. Sie schwitzte und ahnte nicht, daß mir vor ihr ekelte. Ich sagte nichts. Im Grunde war dieses Spiel eine Abwechslung gegenüber der übergroßen Behaglichkeit und den vielen Aufmerksamkeiten, die ich in der Familie genoß. Eines Tages kam unerwartet mein Vater herein und sah mich zwischen Lalla Zinebs fetten Schenkeln zappeln. Er stürzte los, riß mich weg und ohrfeigte die arme Frau. Ja, sie hatte riesige Brüste. Überall quoll es hervor. Ich begann von dieser Fülle zu träumen, von dieser Menge Fleisch und Busen. Ich berührte meine Brüste. Sie traten langsam hervor. Ich öffnete meine Bluse, um sie dem Morgenwind anzubieten, einem wohltuenden leichten Wind, der sie liebkoste. Ich bekam eine Gänsehaut, und die Spitzen wurden hart. Der Wind durchdrang meinen Körper von oben bis unten. Meine Bluse blähte sich. Ich löste mein Haar. Es war nicht sehr lang, aber der Wind tat ihm gut. Ich wanderte, ohne zu wissen, wohin ich ging. Ein irrsinniges Verlangen überkam mich: ich legte meinen Serual ab, dann meine Hose, dem Wind zuliebe, mir selbst zuliebe und um die leichte, kalte Hand dieser morgendlichen Brise auf meinem Bauch zu spüren, die meine Sinne weckte. Ich war in einem Wäldchen. Es lag Frieden in der Natur. Ich tat meine ersten Schritte als freie Frau. Die Freiheit, das war so einfach, wie an einem frühen Morgen herumzulaufen, sich der Bandagen zu entledigen, ohne sich Fragen zu stellen. Die Freiheit, das war jene glückliche Einsamkeit, in der mein Körper sich dem Wind, dem Licht und der Sonne hingab. Ich zog meine Pantoffeln aus. Meine empfindlichen Füße traten auf spitze Steine. Ich fühlte keinen Schmerz. Als ich zu einer Lichtung kam, setzte ich mich auf ein Stück feuchte Erde. Kühle stieg in mir auf wie eine Lust. Ich rollte mich im Laub. Ein leichter Schwindel durchfuhr meinen Kopf. Ich stand auf und rannte zu einem See. Ich wußte nicht, daß sich hinter dem Wald ein See und eine Quelle befanden. Aber mein Körper empfing neue Instinkte, Reflexe, die die Natur ihm einhauchte. Mein Körper lechzte nach Wasser. Ich rannte los, zog meine Gandura aus und sprang ins Wasser. Ich hatte nie schwimmen gelernt. Fast wäre ich ertrunken. Ich klammerte mich an einen Zweig und gelangte zu der Quelle. Dort setzte ich mich nieder und überließ meinen Rücken dem starken Strahl des kalten, reinen Wassers. Ich träumte. Ich war glücklich, verrückt, ganz neu, verfügbar, ich war das Leben, die Lust, die Begierde, ich war der Wind im Wasser, ich war das Wasser in der Erde, das geläuterte Wasser, die von der Quelle geadelte Erde. Mein Körper bebte vor Freude. Mein Herz schlug sehr heftig. Ich atmete unregelmäßig. Noch nie hatte ich so viele Empfindungen gehabt. Mein Körper, der bisher ein flaches, verödetes, verwüstetes Bild war, von Lug und Trug in Beschlag genommen, kehrte zum Leben zurück. Ich war lebendig. Ich schrie aus Leibeskräften, ohne mir dessen bewußt zu sein: »Ich bin lebendig... lebendig!... Meine Seele ist zurückgekehrt. Sie schreit in meiner Brust. Ich bin lebendig... lebendig!...«

Nackte Kinder sprangen lachend in den See. Sie umringten mich und wiederholten: »Sie ist lebendig... lebendig....« Andere Kinder erwarteten mich am Ufer mit einem weißen Badetuch. Sie hüllten mich darin ein und trugen mich auf einem Korbsessel in mein Zimmer, wo der Scheich mich empfing, ganz in Weiß gekleidet. Ich zitterte noch vor Kälte und Erregung. Kleine Schauer überliefen mich, ich war erschöpft und glücklich. Überrascht und verwundert. Die Ereignisse hatten sich überstürzt. Die Zeit war ungeduldig. Und ich übersprang die Zeit außerhalb der Zeit, am Rand des Traums. Der Scheich nahm meine Hand und küßte sie. Ich legte meinen Kopf auf sein Knie. Er streichelte mein nasses Haar und sprach:

– Ich freue mich, daß du die Quelle gefunden hast. Das war mein zweites Geheimnis. Jetzt kannst du nicht mehr zurück. Das Wasser dieser Quelle ist heilsam. Es tut Wunder. Du hast es ganz allein gefunden. Du bist auf dem rechten Weg. Dreh dich vor allem nicht um. Hinter dich zu blikken, könnte gefährlich sein. Zwar wirst du nicht verflucht werden wie in der Legende, du wirst dich nicht in eine Salz- oder Sandsäule verwandeln. Aber du könntest Unheil stiften. Und das Unheil ist, ein Irrtum zu sein, ein Schicksal ohne Freude, ohne Wahrheit, ohne Begehren zu erleiden. Ich weiß, wovon ich rede, Prinzessin!

Plötzlich verstummte der Scheich. Ich hob den Kopf und sah Tränen über sein Gesicht rinnen. Er weinte stumm, mit geschlossenen Augen. Ich erschauerte. Ich erhob mich und legte den mit Goldfäden bestickten Burnus um seine Schultern. Der Mann schlummerte, und die Tränen liefen ihm weiter über die Wangen. Sanfte Tränen. Sie mußten von weit her kommen. Seine Heiterkeit, seine Ruhe und daß er sich widerstandslos in diesen Ausbruch fügte, den er weder eindämmen noch beherrschen konnte, weckten meine Neugier. Ich wollte ihn nicht mit Fragen stören. Auf dem Regal lag ein aufgeschlagenes großes Heft. Eine feine, geläufige Handschrift. Zeichnungen. Zeichen. Fragen. Ich war versucht zu lesen, aber ich wagte es nicht. Es wäre schlimmer gewesen als ein Diebstahl. Und dann hatte ich eine sehr heftige Vorahnung: das Unheil schlich um uns herum; der Traum war zu schön; bald würde der Alptraum erscheinen. Vier oder fünf Kinder drangen in das Zimmer ein und gaben mir den Befehl, das Tal zu verlassen.

– Du hast die Tränen des Scheichs hervorgerufen. Vielleicht bist du eines jener Wesen der Vergangenheit, die dazu beigetragen haben, ihm seine Seele, seinen Atem, sein Leben zu entreißen. Du mußt gehen, bevor er aufwacht, bevor er gewalttätig wird ...

Ich versuchte mich zu rechtfertigen, ihnen zu sagen, daß ich ihm nichts entrissen hätte, daß es von selbst gekommen sei, daß ich das alles nicht verstünde. Vergeblich. Die Kinder hatten rachsüchtige Blicke, verwirrende Blicke voller Haß und Gewalt. Sie waren bedrohlich. Ich näherte mich dem Scheich, um ihn zu wecken. Eines der Kinder stürzte sich auf mich und warf mich zu Boden:

– Laß ihn in Ruhe ... Vielleicht liegt er im Sterben! Er soll nicht wieder verschwinden und uns jahrelang verlassen!

So wurde ich aus diesem duftenden Garten vertrieben. Glaubt mir, meine Freunde, ich habe das nicht geträumt, ich habe es erlebt. An jenem Abend schlief ich bei den Tieren im Stall am Ausgang des Dorfs. Verwirrt und aufgewühlt verbrachte ich die Nacht damit, Erklärungen zu suchen. Je mehr ich zu erfahren und zu begreifen trachtete, desto dunkler wurde es in meinem Geist. Mitten in der Nacht betrat der rothaarige Junge, der mich zu Beginn dieses Abenteuers so freundlich empfangen hatte, den Stall. Ich war nicht überrascht. Ich erwartete ihn.

– Versuche nicht, zu verstehen. Ich werde dir heraushelfen. Der Scheich ist unser Emblem; unser Los ist mit dem seinen verknüpft. Erliegt er der Versuchung, dann sind wir verloren. Zwischen ihm und uns besteht ein Pakt, ein

Schwur: niemals einem Fremden unsere sieben Geheimnisse zu verraten. Mit jedem Geheimnis, das er enthüllt, schwindet ein Stück unserer Haut. Wir verlieren die Farben auf unserem Gesicht, dann die Zähne, dann die Haare, dann das Blut, dann den Verstand, dann die Seele und schließlich das Leben. Wisse, daß du nichts dafür kannst. Du bist sogar gut. Aber irgend etwas in dir ruft Zerstörung hervor. Ich weiß nicht, was. Es muß ein Unheil in dir hausen. Ohne dein Wissen. Es breitet sich aus und nährt sich von der Niederlage der anderen. Wie du wohl bemerkt hast, sind wir ein Stamm außerhalb der Zeit. Das ist unsere Stärke und unsere Schwäche. Der Scheich ist der einzige, der in der Zeit verharren muß. Er wächst, schlägt sich herum und altert. Deshalb verläßt er uns manchmal. Im allgemeinen kommt er mit Saatkörnern zurück. Diesmal brachte er dich mit. Hier sind wir vor den Lebenden geschützt. Mehr kann ich dir nicht sagen. Es ist das Wesen des Geheimnisses, vergraben zu bleiben. Wir sind das Geheimnis, deshalb leben wir unter der Erde. Das Dorf hat keinen Namen. Es existiert nicht. Es ist in jedem von uns. Wenn du von hier weggehst, sage dir, daß du eine Davongekommene bist.

Die Spiegel der Zeit

Wie gehen Davongekommene? Mit gesenktem Haupt, die Augen am Boden, die Hände auf dem Rücken, einem zufälligen Weg folgend, bis in der Ferne ein schwach erleuchtetes Haus auftaucht? Ich ging, ohne mich umzudrehen. Ich wollte vergessen und glauben, daß das, was ich soeben erlebt hatte, nichts anderes war als eine weitere Halluzination, ein abgebrochener Traum, in dem alles sich vermengte: die Beerdigung des Vaters und die Flucht der freigelassenen Sklavin. Ich ging die Straßen entlang, ohne an irgendjemanden das Wort zu richten. Im übrigen haben weder die Kinder noch die Männer, denen ich begegnete, mich belästigt. Dabei mußte ich merkwürdig aussehen, schlecht gekleidet, das Gesicht verzerrt und tränenüberströmt. Bei Einbruch der Nacht habe ich mich unter einen Baum gekauert und stumm geweint, ohne Bedauern, ohne Traurigkeit. Ich glaube nicht, daß ich den Tod meines Vaters am Tag seiner Beerdigung beweinte.

Ein Satz, ein einziger, ausgesprochen von meiner Mutter, von ihr, die nie etwas sagte, erklang plötzlich in meinem Kopf. Als ich ihn damals vernahm, hatte ich eine Gänsehaut bekommen, so erinnere ich mich. Über meine ganze Haut lief ein kurzer, verwirrender Schauer.

Es war zu der Zeit, da nichts gut ging, da mein Vater den Tod nahen spürte, eingeholt vielleicht durch das anhaltende Gefühl des Vergehens und der Sünde. Er war sehr verbittert geworden, reizbar, ungeduldig, freudlos. In ihm kochte der Haß, ein gewaltsamer und blinder Haß. Er haßte wohl alle Welt, am meisten sich selbst. Mich verschonte er seltsamerweise. Ich glaube sogar, daß er mich liebte. Er nahm mich aus von der Grobheit, mit der er sich sonst verständigte. Vom Fenster meines Zimmers aus beobachtete ich zuweilen Szenen des Streits zwischen ihm und den weiblichen Bewohnern des Hauses. Nur er brüllte, drohte und lachte über seine Überlegenheit. Manisch geworden, konnte er nicht die geringste Verletzung seines täglichen Rituals ertragen. Jedes der Mädchen mußte eine bestimmte Rolle spielen: die eine zog ihm die Djellaba aus, die andere wusch ihm die Füße, eine andere trocknete sie ab, während wieder zwei andere den Tee kochten. Meine Mutter war in der Küche. Wehe derjenigen, die einen Fehler beging! Er verbreitete Angst und Schrecken und war nie zufrieden.

Er litt an einer asthmatischen Bronchitis und weigerte sich, seine Medikamente einzunehmen. Wenn er keine Luft mehr bekam und wegen der Schmerzen herumfuchtelte, beschuldigte er die ganze Familie, ihm seinen Anteil Sauerstoff zu stehlen. Seine Bronchien waren vielleicht gar nicht krank; aber die Anwesenheit all dieser unnützen Frauen regte ihn so sehr auf, daß er Erstickungsanfälle bekam.

Da er die Krankheit und den Tod ablehnte, widersetzte er sich mit unerhörter Energie. Es war ihm notwendig geworden, ungerechte Gewalt auf seine Angehörigen auszuüben. Instinktiv hatte er entdeckt, daß Haß ein Gegengift gegen Verfall ist. Der Haß hielt ihn in seinem Amt als unumschränkter Herr und verhinderte das Fortschreiten der Krankheit. Manchmal führte er Selbstgespräche, da er der Meinung war, es gäbe keinen würdigen Gesprächspartner im Haus. Ich stand abseits. Gern hätte er sich mir anvertraut und mit mir über seine Probleme gesprochen; aber ich gab ihm nie Gelegenheit dazu. Sein Verhalten schmerzte mich. Ich verstand es, konnte es jedoch weder billigen noch mit ihm besprechen. Während der letzten Monate seines Lebens war ich bereits mitten im Umwandlungsprozeß. Ich schlug mich mit meiner eigenen inneren Gewalt herum, in der festen Absicht, damit fertigzuwerden. So oder so. Aber wie das Sprichwort sagt: »Man betritt den Hammam anders als man ihn verläßt.« Im Prinzip mußte ich von den hellsichtig erkannten Zweifeln gereinigt aus dieser Geschichte herauskommen. Ohne Maske, in schamhafter Nacktheit, in einem sauberen Körper, ohne Umschweife, ohne Zweideutigkeit.

Meine Mutter, eine Frau, die das Schweigen und die Resignation gewählt hatte, mehr aus Berechnung denn aus Schicksalsergebenheit, sagte mir eines Tages, als sehr harte Worte meines Vaters sie tief verletzt hatten: »Meine Tochter! Bete mit mir, daß Gott oder das Schicksal mich während deines Lebens sterben läßt und daß er mir nach dem Tod deines Vaters ein oder zwei Monate Leben gewährt! Ich möchte ein paar Tage, ein paar Wochen atmen können in seiner Abwesenheit, einer vollständigen Abwesenheit. Das ist mein einziges Verlangen, mein einziger Wunsch. Ich möchte nicht während seines Lebens fortgehen, denn dann würde ich doppelt geschunden fortgehen, entsetzlich verwüstet, gedemütigt. Ich habe beschlossen, im Schweigen der von meinen eigenen Händen erstickten Stimme zu leben. Doch es möge mir kurze Zeit vergönnt sein, ein für allemal zu schreien, einen Schrei auszustoßen, einen einzigen, einen Schrei, der aus dem Innersten der Seele käme, von weit her, weit vor deiner Geburt, einen Schrei, der hier in meiner Brust steckt. Er wartet, und ich will leben, um nicht mit diesem Schrei zu sterben, der mich verzehrt und zerstört. Bete für mich, du meine Tochter, die du das Leben von beiden Seiten kennst, in den Büchern und im Herzen der Heiligen zu lesen verstehst...«

Ich hatte sogar den Klang ihrer Stimme vergessen. Meine Mutter, eine Frau, die mein Vater wegen meiner Geschichte beiseitegeschoben hatte. Sie sagte »meine Tochter« zu mir, als wäre zwanzig Jahre lang nichts vorgefallen. Ich kann nicht sagen, daß ich sie liebte. Wenn sie nicht mein Mitleid erregte – jenes Gefühl bitterer Scham oder stummen Zorns –, zählte sie nicht, das heißt, sie existierte nicht. Ich sah sie nicht und vergaß, daß sie meine Mutter war. Zuweilen verwechselte ich sie mit Malika, der alten Dienerin, oder mit dem Schatten einer verrückten Bettlerin, die hin und wieder in unserem Vorplatz Zuflucht suchte, wenn die Kinder sie jagten, sie mit Steinen und Schimpfwörtern bewarfen. Wenn ich abends nach Hause kam, stieg ich über einen in eine Armeedecke gewickelten Körper. Ich wollte nicht wissen, ob es die Verrückte war oder meine aus ihrem eigenen Heim vertriebene Mutter. Auch wenn ich aufgewühlt war, zeigte ich es nicht. Ich schloß die Augen. Um nicht zu sehen. Um nicht zu hören. Und vor allem um nicht sprechen zu müssen. Was in mir vorging, sollte in mir bleiben. Nicht durchscheinen. Denn es gab nichts zu sagen oder aber so viele Dinge zu sagen, zu enthüllen oder anzuprangern. Dazu hatte ich weder Lust noch Mut. Von dem Augenblick an, da ich nicht mehr im Gleichgewicht war, fühlte ich, daß ich Zeit brauchte, um mich von zwanzig Jahren Trug zu entblößen. Um eine neue Geburt zu erwerben, mußte ich auf den Tod des Vaters und der Mutter warten. Ich dachte daran, ihn herbeizurufen, zu überstürzen. Diese Sünde hätte ich dem Ungeheuer angelastet, das ich war.

Meine Mutter versank im Wahnsinn. Sie wurde von einer ihrer Tanten abgeholt, um ihre Tage hinter den Mauern eines Marabuts zu beschließen, auf der Straße des Südens. Ich glaube, sie hatte die Anfälle des Irreseins, in denen sie die Sachen ihres Mannes zerriß, so oft simuliert, daß sie schließlich Geschmack daran fand und selbst nicht mehr wußte, was sie tat.

Von der Höhe meines Zimmers aus wohnte ich ihrem Auszug bei. Sie kreischte mit aufgelöstem Haar, zerrissenem Kleid, sie rannte wie ein Kind im Hof herum, küßte den Boden und die Mauern, lachte, weinte und kroch auf allen vieren zum Ausgang wie ein unerwünschtes Tier. Ihre Töchter weinten. Mein Vater war nicht da.

Am Abend lag eine große Schwere über dem Haus, aus Schweigen und Reue. Wir alle waren Fremde. Die Mädchen verließen das Haus und suchten eine Weile Zuflucht bei Tanten mütterlicherseits. So kam es, daß ich mit meinem Vater während seines Niedergangs allein war.

Von Zeit zu Zeit kamen die Mädchen zurück, um einige

ihrer Sachen zu holen, und gingen wieder, ohne den Kranken zu besuchen. Nur die alte Malika blieb dem Haus treu. Nachts nahm sie die verrückte Bettlerin auf oder den Köhler, der gern mit ihr schwatzte. Sie stammten beide aus demselben Dorf.

Trotz seiner Brustschmerzen beschloß mein Vater, während des Ramadan zu fasten. Bei Sonnenuntergang aß er kaum etwas. Er weigerte sich, seine Pillen einzunehmen, und siechte in tiefer Stummheit dahin. Tagsüber ging ich weiterhin in den Laden. Ich ordnete die Geschäfte. Die Brüder besuchten ihn nie. Ihre Berechnungen waren einfach: aufgrund meiner Existenz gab es für sie nichts zu erben.

Ich glaube, daß am Tag vor der siebenundzwanzigsten Nacht des Ramadan alles in Ordnung war.

Alles wurde klar in mir. Ich kann nicht sagen, daß ich meine Vorkehrungen getroffen hatte, aber ich wußte, daß ich nach dem Tod meines Vaters alles aufgeben und fortgehen würde. Ich würde den Mädchen alles überlassen und diesem Haus und dieser Familie für immer den Rücken kehren. Mit dem Ableben meines Vaters mußte auch etwas anderes zuende gehen. Er sollte das Ungeheuer, das er erschaffen hatte, mit ins Grab nehmen.

Nach der Beerdigung verlor ich alle Anhaltspunkte. Einige Tage lang wußte ich nicht, wo ich war, noch mit wem. Ich habe euch jenes Abenteuer erzählt, das so wunderbar begann und mit der Angst und dem Umherirren endete.

Wie ihr wißt, kehrte ich eines Nachts ins Haus zurück. Ich betrat es über die Terrasse der Nachbarn. Die Mädchen waren wiedergekommen. Sie waren sehr gut gekleidet, übertrieben geschminkt und trugen den Schmuck ihrer Mutter. Sie lachten und scherzten mit anderen Frauen aus dem Viertel. Die Beerdigung und die Trauer waren für sie eine Befreiung und ein Fest. Letztlich verstand ich ihre Reaktion. Unerfüllte, lange vom Leben ferngehaltene Mädchen entdeckten die Freiheit. Und so entfesselten sie sich mit all der Hysterie, die sie vorrätig hatten. Alle Lichter waren angezündet. Man spielte Schallplatten auf einem alten Grammophon. Das Fest war in vollem Gang. Es fehlten nur noch Männer, die ihr Verlangen hätten stillen können. Ich mußte lächeln; nichts mehr ging mich etwas an, ich war bereits eine Fremde. Unauffällig öffnete ich die Tür meines Zimmers, packte ein paar Sachen zusammen, stopfte sie in einen Beutel und schlich mich über die Terrasse davon.

Mit einer Djellaba bekleidet, ein Tuch über dem Kopf – mein Haar war lang –, ging ich in jener Nacht zum Friedhof. Ich kletterte über eine kleine Mauer, damit der Wärter mich nicht sah, und begab mich zum Grab meines Vaters.

Die Nacht war ruhig und schön, der Himmel mit Sternen übersät. Die Erde auf dem Grab war noch frisch. Meine Hände scharrten rasch und planmäßig. Ich durfte den Toten nicht stören, noch die Aufmerksamkeit des Wärters oder eines Grabschänders erregen. Als ein Zipfel des weißen Leichentuchs zum Vorschein kam, beseitigte ich mit meinen Fingern vorsichtig die Erde. Der Körper war eiskalt. Die Feuchtigkeit hatte das Leichentuch durchnäßt. Ich erschauerte. Es war nicht kalt. Es war ein Gefühl, bei dem Furcht sich mit Besorgnis mischte. Ich hielt einen Augenblick inne und starrte auf den Kopf des Toten. Mir schien, als bewege sich der weiße Stoff in Höhe der Nasenlöcher. Atmete er noch oder war es eine Halluzination? Schnell leerte ich den Beutel, der fast alles enthielt, was ich besaß, ein Männerhemd, eine Hose, eine Geburtsurkunde, ein Foto der Beschneidungszeremonie, meinen Personalausweis, die Urkunde meiner Heirat mit der unglücklichen Fatima, die Medikamente meines Vaters, die ich ihm mit Gewalt eingeflößt hatte, Socken, Schuhe, ein Schlüsselbund, einen breiten Gürtel, eine Dose Schnupftabak, ein Stapel Briefe, ein Adreßbuch, einen Ring, ein Taschentuch, eine kaputte Uhr, eine Ampulle, eine halb abgebrannte Kerze …

Als ich das Grab wieder schloß, kauerte ich nieder, um die Gegenstände festzudrücken, und bekam Schmerzen in der Brust. Irgend etwas preßte sich um meine Rippen und meinen Brustkorb. Es waren die Stoffbinden, die verhindern sollten, daß mein Busen hervortrat und wuchs. Voller Wut riß ich diese innere Verkleidung ab, die aus mehreren Metern weißem Stoff bestand. Ich wickelte sie ab und schlang sie um den Hals des Toten. Dann zog ich sie fest zu und machte einen Knoten. Ich war schweißgebadet. Ich entledigte mich eines ganzen Lebens, einer Epoche der Lüge und der Täuschung. Mit Händen und Füßen häufte ich die Gegenstände auf den Körper, den ich dabei ein wenig trat. Ich bedeckte ihn wieder mit Erde. Das Grab war höher geworden. Ich befestigte das Ganze mit schweren Steinen, sammelte mich einen Augenblick, nicht um zu beten oder Gott um Erbarmen mit der Seele dieses armen Mannes zu bitten, sondern um mich mit der neuen Luft zu durchtränken, die ich atmete. Ich sagte so etwas wie: »Salut!« oder »Leb wohl, künstlicher Ruhm, uns beiden das Leben, die nackte, weiße, jungfräuliche Seele und der neue Körper, auch wenn das Wort alt ist!«

Ein den Rücken streichelnder Dolch

Ich verschwand in dieser dunklen und heißen Nacht. In der Finsternis hinterließen meine Schritte keinerlei Spur. Ich verließ die Stadt, indem ich einen Bogen um sie machte. Ich entschied mich, die Landschaft zu überfliegen, um den friedlichen Schlaf der braven Leute nicht zu stören. Nicht nur gehörte ich nicht zu ihnen, ich war ein unbezähmbares und Unruhe stiftendes Element.

Ich war glücklich in jener Septembernacht, in der mich die Düfte von Jasmin und wilden Rosen aus den Gärten überströmten. Ich atmete sie tief ein und schritt voran, ohne mich um den Weg zu kümmern, der sich vor mir auftat. Zum Abenteuer entschlossen, ging ich in Frieden mit mir selbst. Ich drehte mich nicht um, um ein letztes Mal den Abgrund meiner Geburt zu betrachten. Ich hatte alles begraben: den Vater und die Gegenstände in ein und demselben Grab, meine Mutter in einem Marabut am Tor zur Hölle, die Mädchen in einem Haus, das am Ende einstürzen und sie für immer verschütten würde. Was die Onkel und Tanten angeht, so hatten sie für mich nie existiert, und von dieser Nacht an existierte ich nicht mehr für sie, ich verschwand, und nie würden sie mich wiederfinden.

Ich ging abseits der großen Straßen. Wenn ich müde war, schlief ich, am liebsten unter einem Baum. Ich schlief natürlich, ohne Furcht, ohne Besorgnis. Mein Körper rollte sich zusammen und überließ sich langsam einer sanften Betäubung. Selten war der Schlaf so tief und wohltuend gewesen. Ich wunderte mich sehr über diese Leichtigkeit, über dieses Glück und über dieses Vergnügen des Körpers, der schwer wird und sich ausruht. Ich sage das, weil ich oft Schwierigkeiten mit dem Einschlafen hatte. Manchmal brachte ich den größten Teil der Nacht damit zu, ihr ein wenig Frieden abzutrotzen, und diesen Frieden erhielt ich erst bei Tagesanbruch. Ich fiel um, besiegt von der Schlaflosigkeit und der Erschöpfung. Jetzt hatte ich vor nichts Angst. Ich war ungebunden, ohne Anker. In meinem Geist drängten sich nicht mehr so viele Fragen, so viele Dinge, die zu tun oder zu lösen waren. Völlig befreit? Nein, das war ich noch nicht. Aber allein die Tatsache, daß ich alles aufgegeben hatte und mit dem festen Vorsatz fortgegangen war, nicht wiederzukommen, die Tatsache, daß ich mit der Vergangenheit und ihren Spuren gebrochen hatte, entlastete meinen Geist von der Angst. Ich war entschlossen, meine Vergangenheit in ein tiefes Koma einzuschließen, sie in völliger Erinnerungslosigkeit aufzulösen. Ohne Bedauern, ohne Reue. Ich strebte nach einer neuen Geburt in einer jungfräulichen, sauberen Haut.

Mein Schlaf im Freien war nicht mehr von überspannten Träumen oder Alpträumen bevölkert. Es war ein kristallklarer Schlaf, glatt wie die Fläche eines ruhigen Meeres oder ein Schneefeld, flach und zusammenhängend. Anfangs meinte ich, es rühre von der körperlichen Müdigkeit her. Dann aber begriff ich, daß es der Schlaf der ersten Augenblicke des Lebens war.

Vor allem am Tag kam es vor, daß mich eine Welle der Hitze und Angst überflutete. Es dauerte nie lange. Meine Kehle schnürte sich zusammen, ich blieb stehen, und langsam kehrte alles an seinen Platz zurück. Es waren wohl die letzten Zuckungen jener noch so nahen Vergangenheit, noch fast zu sehen und zu greifen. An diesem Unbehagen des Körpers war die Einsamkeit schuld. Ich hatte mich dafür entschieden, auf wenig betretenen Pfaden zu gehen. Ich aß, was mir in die Hände fiel, und trank viel Wasser. Jedesmal wenn ich an einer kleinen Hütte oder einem Gehöft vorbeikam, bat ich um Wasser. Da man mich für eine Bettlerin hielt, gab man mir auch Brot und Obst. Wenn ich Geld hervorholte, um zu bezahlen, weigerten sich die Leute, es anzunehmen. Ich sah in ihren Augen so etwas wie ängstliches Mitleid. Ich hielt mich nicht bei ihnen auf; ich zog vor den

Fragen weiter. Ich hätte gern gesprochen, aber ich wußte nicht, was ich sagen sollte. Jedenfalls hätte es keiner verstehen können. Wozu ein Gespräch über das Wetter beginnen? Doch eines Nachmittags, am Ausgang eines kleinen Dorfs, folgte mir ein Mann. Er sagte in eher ironischem Ton:

– Meine Schwester, wohin geht denn meine Schwester so ganz allein?

Ich lächelte und ging weiter, ohne mich umzudrehen.

– Ist dir bewußt, meine Schwester, wo du hingerätst? Meine Schwester gerät in einen dichten Wald, wo die Wildschweine warten, bis es dunkel wird, um ihre Beute zu verschlingen. Die Wildschweine haben in Bronze gemeißelte Krallen, in Elfenbein ziselierte Zähne, und Nasenlöcher, die Feuer spucken...

Mich überlief es von Kopf bis Fuß. Dieser Mann mit der süßen Stimme machte mir keine Angst. Ich hatte von Vergewaltigungen im Wald gehört. Ich hatte keine Lust zu fliehen, nicht einmal mich zu wehren, falls der Mann sich in ein Wildschwein verwandelte. Ich war nicht gleichgültig. Ich war neugierig. Ein Mann, von dem ich nicht einmal das Gesicht kannte, weckte allein mit Worten körperliche Empfindungen in mir.

Ich ging etwas schneller. Es trennten uns nur wenige Meter. Ich hörte ihn ein paar Worte murmeln wie ein Gebet. Es ging nicht mehr um ein wildes Tier, das den Körper eines jungen Mädchens zerfleischt, sondern um Gott und seinen Propheten. Er sprach:

– Im Namen Gottes, des Erbarmers, des Barmherzigen, der Segen Gottes sei mit dem letzten seiner Propheten, unserm Herrn Mohammed, mit seiner Familie und seinen Gefährten. Im Namen Gottes in der Höhe. Lob sei Gott, der machte, daß des Mannes unendliche Lust im warmen Leib des Weibes liegt. Lob sei Gott, der diesen Körper auf meinen Weg führte, diesen reifen Körper, der mir außerordentlich begehrenswert voranschreitet. Das ist das Zeichen seines Segens, seiner Güte und seiner Barmherzigkeit. Lob sei Gott,

Lob sei dir, meine Schwester, die du mir vorangehst, damit ich deinen Duft rieche, damit ich deine Hüften und deine Brüste erahne, damit ich von deinen Augen und deinem Haar träume. O meine Schwester, geh weiter bis zu dem Gebüsch, das eine Bleibe sein wird für unsere lechzenden Körper. Dreh dich nicht um. Ich bin der Liebe ausgesetzt, mit dir, meiner Schwester, meiner Unbekannten, gesandt vom Schicksal, um die Größe Gottes an einem Mann und einem Weibe zu bezeugen, die sich bei Einbruch der Nacht vereinen werden. Ich preise Gott. Ich bin sein Sklave, bleibe nicht stehen, langsam sinkt die Sonne, und mit ihr zerbrökkelt mein Hochmut. Im Namen des gütigen Gottes...

Ich blieb stehen. Ich wurde von einer unsichtbaren Kraft festgehalten. Ich konnte nicht weitergehen. Ich blickte nach rechts und nach links und gewahrte, daß ich an dem Gebüsch angekommen war. Der Mann, der immer noch hinter mir war, betete nicht mehr. Ich hörte seinen Atem. Kein Wort wurde gesprochen. Ich war schweißgebadet, erstarrt, von Sträuchern umgeben. Ich wartete einen Augenblick. Auch der Mann wartete. Er rührte sich nicht. Ich betrachtete den Himmel. Er hatte jetzt die Farben der untergehenden Sonne. Plötzlich wurde mir sehr heiß. Ohne mir dessen bewußt zu sein, legte ich meine Djellaba ab. Darunter trug ich nur einen weiten Serual. Ich löste mein Haar. Es war nicht sehr lang. Ich stand wie eine Statue. Innerhalb weniger Minuten wurde es Nacht. Ich spürte, daß der Mann näherkam. Er zitterte und stammelte einige Gebete. Er umschlang meine Hüften. Seine Zunge wanderte über meinen Hals, dann über meine Schultern; er kniete sich nieder. Ich blieb stehen. Er küßte meine Lenden. Seine Hände umfingen noch immer meine Hüften. Mit den Zähnen löste er meinen Serual. Sein mit Schweiß oder Tränen bedecktes Gesicht war an meine Hinterbacken gepreßt. Er delirierte. Mit einer jähen Geste riß er mich zu Boden. Ich stieß einen kurzen Schrei aus. Mit der linken Hand hielt er mir den Mund zu. Mit der anderen drückte er mich auf die Erde. Ich hatte weder die Kraft noch den Wunsch, mich zu wehren. Ich dachte nicht; ich war frei unter dem Gewicht dieses fiebernden Körpers. Zum erstenmal vermischte ein Körper sich mit dem meinen. Ich versuchte nicht einmal, mich umzudrehen, um sein Gesicht zu sehen. Ich bebte an allen Gliedern. Die Nacht war dunkel. Ich fühlte eine warme Flüssigkeit über meine Schenkel rinnen. Der Mann stieß ein tierisches Röcheln aus. Ich meinte eine abermalige Anrufung Gottes und des Propheten zu vernehmen. Sein schwerer Körper hielt mich an den Boden gepreßt. Ich schob meine rechte Hand unter meinen Bauch. Ich tastete nach der Flüssigkeit, die ich verlor. Es war Blut.

Ich versuchte nicht, mich dem Zugriff des Unbekannten zu entziehen, und wurde von der Nacht in einen tiefen Schlaf entführt. Der frische Morgenwind weckte mich. Ich war nackt. Der Mann war verschwunden. Ich war weder ungehalten noch enttäuscht. War das die Liebe? Ein Dolch, der im Finstern den Rücken streichelt? Eine schneidende Gewalt, durchsetzt mit Beschwörungen und Gebeten, die dich zufällig von hinten anpeilt wie eine Zielscheibe?

Ich stellte mir alle diese Fragen und versuchte nicht wirklich, irgend etwas aufzuklären. Ich weiß heute nicht einmal mehr, ob diese Begegnung im Rücken mir Lust oder Ekel bereitet hatte. Ich hatte Bücher gelesen, in denen man von Liebe sprach, aber nicht von Sex. Wahrscheinlich aus Scham oder Heuchelei. Diese Vereinigung zweier Körper hinterließ einen sandigen Geschmack in meinem Mund, weil ich mehr als einmal in die Erde biß. Die Liebe mußte diesen Geschmack und diesen Geruch haben. Es mißfiel mir nicht.

Ich hatte Blut an den Fingern und zwischen den Beinen, aber ich fühlte mich weder schmutzig noch besudelt. In meinem Geist war ich dem Gebüsch und der Erde dargeboten worden. Ich zog mich wieder an und setzte meinen Weg fort. Irgend etwas dröhnte in meinem Kopf. Das Geräusch eines Hammers auf einem Quaderstein oder einem Stück Marmor. Es war die Erinnerung an die Herzschläge des Mannes.

Mein erster Mann hatte also kein Gesicht. Ich hätte es nicht ertragen, wenn er mir Fragen gestellt hätte. Wäre er nicht mit der Nacht verschwunden, dann hätte ich die Flucht ergriffen.

An jenem Tag sah ich niemanden auf der Straße. Ich hatte den Eindruck, daß die Leute, denen ich begegnen müßte, alle von hinten kommen würden. Es war eine Zwangsvorstellung. Am Abend zog ich in jene Stadt ein, in der ich eine verwirrende Geschichte erleben sollte. Es war eine kleine Stadt. Als ich über ihre Schwelle trat, war mein Herz beklommen. Das war ein schlechtes Zeichen. Ich begann nach einem Hammam zu suchen, sowohl um mich zu waschen wie um dort zu schlafen. Es war spät. Die Wärterin, die an der Kasse saß, warf mir einen schrecklichen Blick zu. Sie sagte:

– Jetzt also kommt man, um sich von den Auswürfen der Männer zu säubern?

Ich antwortete nicht. Sie fuhr fort:

– Ich wollte gerade schließen, aber es sind noch zwei oder drei Weiber drin. Mach schnell.

Ich beeilte mich. Sie folgte mir mit dem Blick. Im hinteren Saal, dort wo der Warmwasserbrunnen ist, befanden sich zwei Frauen von beeindruckender Magerkeit. Man hätte meinen können, es seien Zwillinge im Unglück. Jede hockte in einer Ecke und schüttete sich mechanisch mit einer Tasse Wasser über den Kopf. Sie hatten ihr Terrain mit zwei Wassereimern abgesteckt. Ich sah, daß man sie nicht stören durfte. Hin und wieder standen sie auf, stellten sich Rücken an Rücken, rieben sich die Hände und begaben sich wieder in ihre Ecke. Ich wusch mich schnell. Ich hatte gerade den Kopf gesenkt, als eine von ihnen sich vor mich stellte und mit Bestimmtheit zu mir sagte:

– Ich seife dich ein!

Ich hob die Augen nicht. Knochige Knie befanden sich in Höhe meiner Nasenlöcher. Ich sagte:

– Nein, danke!

– Ich seife dich ein, sage ich.

Die andere hatte sich an den Eingang gestellt und ihn mit einer Reihe von Eimern versperrt.

Dieser Vorschlag schien besonders unanständig zu sein. Angesichts der Drohung willigte ich ein. Ich bat, Wasser holen zu dürfen. Ich füllte einen Eimer mit kochendem Wasser und kippte ihn hochspringend über die beiden Frauen. Glücklicherweise rutschte ich nicht aus, und nur einen Augenblick später stand ich nackt vor der Wärterin, die zu brüllen begann:

– Bist du verrückt, du wirst dich erkälten!

– Nein! Ich bin mit knapper Not davongekommen. Sie sind zu zweit...

– Was erzählst du da? Es ist niemand mehr drin. Als du reingegangen bist, kamen die drei letzten heraus, hast du sie nicht gesehen? Machst du dich über mich lustig?...

Da ich zitterte – mir war eiskalt vor Angst –, zögerte sie einen Augenblick und fragte mich dann, wie viele es seien.

– Es sind zwei, sehr mager, spindeldürr und sehen sich vollkommen ähnlich. Sie wollten mich einseifen!

– Du mußt geträumt haben. Du bist so müde, daß du den Teufel und seine Frau gesehen hast!

Auch sie hatte Angst. Die anfangs bösartig wirkende Wärterin wurde sehr freundlich, auch wenn sie autoritär blieb.

– Weißt du, wo du schläfst?

– Ich wollte dich fragen, ob ich die Nacht hier verbringen kann...

– Das kommt nicht in Frage. Hier ist es nicht bequem, und außerdem könnten in der Nacht die beiden Hexen wiedererscheinen und dir die Haut abziehen. Eine so hübsche Haut schläft nicht irgendwo. Du kommst mit zu uns. Es ist bescheiden. Es ist in Ordnung. Ich wohne mit meinem Bruder. Er ist jünger als ich.

Die Sitzende

Um zu dem Haus zu gelangen, mußte man durch mehrere ineinander verschlungene Gassen gehen, deren Plan dem Zufall oder dem Willen eines lasterhaften Maurers zu verdanken war. Wir kamen durch die »Straße eines Einzigen«, die so eng ist, daß nur eine einzige Person hindurchgehen kann. Man erzählt, daß die Liebenden sich dort verabredeten. Jeder betrat sie an einem Ende, und wenn sie in der Mitte ankamen, ließen sie den anderen nicht vorbei und fanden bei diesem Spiel Gelegenheit, einander zu berühren. Die Frau in der Djellaba, verschleiert, legte die eine Hand auf ihren Unterleib, die andere auf ihre Brust. Der Mann, der Frau gegenüber, blieb einen Augenblick stehen, bis er den Atem der Geliebten auf seinem Gesicht spürte. Die »Straße eines Einzigen« war damals der heimliche Treffpunkt für geraubte Küsse und Liebkosungen, der Ort, wo liebende Körper einander streiften, wo die Augen sich in den Blick des Unbekannten senkten. Andere Blicke, hinter Jalousien verborgen, beobachteten diese Begegnungen.

Unrat bedeckte den Boden. Jedes Haus hatte seinen Kehrrichthaufen vor der Tür. Es stank, und es schien niemanden zu stören; eine Katze wimmerte, das Jammern eines ungeliebten Kindes nachahmend. Ich folgte der Sitzenden und ihrem breiten Körper. Sie sagte zu mir:

– Man sollte sie eher »Straße eines Halben« nennen!

Im Vorbeigehen versetzte sie einem dickbäuchigen Kater einen Fußtritt. Er miaute nicht, sondern schrie wie ein verletzter Mensch. Sie blieb vor einer mit eisernen Riegeln und Schlössern versperrten Tür stehen und sagte:

– Hinter dieser Tür war das Unglück zu Gange. Es hat einer unfruchtbaren Frau Kinder gemacht. Es hat Trockenheit ins Land gebracht, gefolgt von sintflutartigen Regenfällen. Das Unglück hatte hier sein Büro. Es war die Agentur der Medina. Es gab dort einen Mann, der normal beschaffen war, aber mit seiner Nachkommenschaft kopulierte. Eines Tages ist das Haus über ihnen eingestürzt. Man hat sie nicht ausgegraben. Man hat Türen und Fenster zugemauert und das Ganze mit Sand und Zement bedeckt. Alle sind sie dort, die Mutter, der Vater und die Kinder, durch die Erde und das Feuer der Hölle für immer vereint. Seither hat sich das Unglück beruhigt. Es zeigt sich zwar immer noch, aber ohne Katastrophen.

Ich fragte mich, warum sie mir diese finsteren Geschichten erzählte. Ich war neugierig, was mir widerfahren könnte, aber nicht darauf, was hinter den Mauern dieser Gasse geschehen war:

– Hier lebt eine friedliche Familie. Er ist Gerber. Niemand traut sich, ihm die Hand zu geben. Wegen des Gestanks ... Dort lebte ein Pferd ganz allein ... Hier wohnt niemand, keiner weiß warum ... Ein verlassenes Haus ist wie eine unfertige Geschichte ... Dort ist der Laden des Milchmanns. Jetzt ist eine Koranschule daraus geworden, hier gibt der Konsul seine Stunden. Es ist ganz in der Nähe unseres Hauses.

Das Haus hatte zwei Stockwerke. Obwohl es nicht sehr groß war, überragte es die anderen. Im Sommer lebten die Leute auf den Terrassen. Die Sitzende brachte mich in einem möblierten, mit den herkömmlichen Dingen ausgestatteten Zimmer unter. Sie befahl mir zu warten und mich nicht von der Stelle zu rühren. Ich betrachtete die Wände. Die Feuchtigkeit hatte Flecken darauf gemalt, aus denen sich runzlige Menschengesichter herausschälten. Wenn man sie lange ansah, begannen sie sich zu bewegen. An der Wand hing das Porträt eines Greises mit Turban; er sah krank aus; das Schwarzweißfoto war koloriert worden. Alles war gealtert, das Papier, das Rot auf den Lippen, das Blau des Turbans, der Teint der Haut. Die Zeit hatte ihre Arbeit getan und dem Gesicht die Müdigkeit zurückgegeben, die zum

Zeitpunkt der Fotografie auf ihm lag. Wahrscheinlich war es der Vater oder der Großvater. In seinem Blick lag unendliche Traurigkeit. Ein Mann betrachtete zum letztenmal die Welt. Sein langes Leben mußte von einem Unglück heimgesucht worden sein.

Die Sitzende riß mich aus diesen Gedanken.

– Das ist unser Vater. Er war nicht glücklich und wir auch nicht. Dieses Foto wurde kurz vor seinem Tod aufgenommen. Der Konsul wird dich morgen sehen...

Nach kurzem Zögern und einem Lächeln korrigierte sie sich:

– Das heißt, du wirst ihn morgen sehen. Jetzt wollen wir etwas essen. Ich weiß nicht warum, aber du flößt mir Vertrauen ein. Ich habe einen mißtrauischen Charakter. Aber als ich dich sah, dachte ich sofort, daß wir uns verstehen könnten. Ich habe vergessen, dich zu fragen, ob du Lust hast zu arbeiten, das heißt, ob du einverstanden bist...

– Ich stehe zur Verfügung. Was immer mir geschehen mag, es ist mir recht. Worum handelt es sich?

– Daß du dich um den Konsul kümmerst.

– Ist er krank?

– Nein, nicht ganz. Er ist blind. Im Alter von vier Jahren hat er das Augenlicht verloren, nach einem Fieber, das ihn fast hinweggerafft hätte.

Ich war einverstanden.

– Du wirst schon selber sehen, was zu tun ist. Ich weiß nichts von dir, um so besser. Solltest du uns unglücklicherweise verraten, dann wirst du mich auf deinem Weg finden. Bei mir sind Skrupel rasch verflogen. Ich habe meinem Bruder alles geopfert... Ich will, daß in diesem Haus weiterhin Friede herrscht.

Während sie redete, sah ich anderswohin, ich dachte an meinen Vater und sah ihn wieder an der Haustür stehen und meine Mutter abkanzeln. Der barsche Ton der Sitzenden erinnerte mich an meinen Vater.

Es gibt Leute, die brüllen, wenn sie drohen. Der Zorn

vernebelt ihre Gefühle. Andere sprechen, ohne die Stimme zu erheben, und was sie sagen, trifft dich stärker. Die Sitzende gehörte nicht nur zu der Sorte Menschen, die sich nicht mit Skrupeln belasten, sondern auch imstande sind zu tun, was sie sagen.

Dunkelhaarig, stark, mit einem eindrucksvollen Hintern – daher ihr Name, die Sitzende – war sie alterslos. Ein Gesicht mit glatter, matter Haut. Ihre Beleibtheit war für den Beruf, den sie ausübte, kein Hindernis, sondern ein Vorteil. Im Hammam nimmt die Sitzende einen strategischen Posten ein, um die der Geheimdienst sie beneidet. Sie weiß alles, kennt alle Familien des Viertels, mischt sich manchmal in die Ränke anderer ein, fördert Heiraten, arrangiert Treffen... Sie ist das Register und das Gedächtnis des Viertels, die Frau der Geheimnisse und der Vertraulichkeiten, der Furcht und der Zärtlichkeit. Sie filtert die Eintretenden, verwahrt ihre Sachen und unterhält das Feuer im Ofen neben dem Hammam. Sie hat dicke Brüste, die den Kindern Angst machen, von den Heranwachsenden jedoch begehrt werden: sie träumen davon, ihren Kopf unter ihrem Gewicht zu vergraben. Selten verheiratet, verwitwet oder geschieden hat die Sitzende kein wirkliches Familienleben. Sie lebt abseits der Gesellschaft, und niemand schert sich darum, wie und mit wem sie ihre Nächte verbringt. Man unterstellt ihr daher ein imaginäres Leben, in dem sie inzestuös oder homosexuell wäre, Kartenlegerin und Zauberin, pervers und monströs.

Es gab eine Zeit, da die Sitzende, diese Frau, die gegenwärtig Mühe hat, Treppen zu steigen, eine Jugend besaß, einen Liebhaber, vielleicht sogar einen Mann; sie hatte eine Mitgift gehabt, ein Haus und Schmuck. Sie muß schlank gewesen sein, vielleicht sogar schön. Ich sah sie an und versuchte, aus diesem fetten und erschöpften Körper das junge Mädchen herauszuschälen, das sie einmal gewesen war. Und dann war alles in wenigen Sekunden umgekippt. Alle Welt war bei dem Erdbeben umgekommen. Sie fand sich in den

Trümmern wieder mit ihrem traumatisierten kleinen Bruder, dessen Augen sich für immer geschlossen hatten.

Diese Geschichte erzählte sie mir eines Abends, als wir nicht einschlafen konnten. Der Konsul schnarchte, und wir warteten auf den Morgen, um Krapfen und Minze für den Tee zu holen. Sie sagte mir nichts über ihr Leben vor der Katastrophe. Es gefiel mir, sie mir als glückliche Frau in einem Haus, einem Heim, mit einem Mann vorzustellen. Vielleicht hielt sie sich in jener Nacht nicht in Agadir auf, sondern anderswo, mit einem Ehemann, der sie schlug und oft zu den Frauen ging. Er wäre mit einer Nichte oder Kusine fortgegangen, weit weg, außer Landes, ohne je ein Lebenszeichen zu geben.

Ich sagte nichts. In ihrem Blick entdeckte ich bisweilen die Spuren von Demütigungen:

– Ja, ich war eine verlassene Frau! Ich wurde auf die Straße geworfen, wie das Sprichwort sagt: »Keine Katze flieht das Haus, in dem eine Hochzeit gefeiert wird«... Wenn er abgehauen ist, dann hatte er gute Gründe. »Weißt du, wie man einen Mann hält? Damit und damit«, sagte meine Mutter zu mir und legte eine Hand auf ihren Unterleib, die andere auf ihren Hintern. »Wer wird jetzt noch einen Körper wollen, der schon einmal gedient und schlecht gedient hat? Niemand oder alle. Was soll ich mit einer noch verheirateten, verlassenen Frau, einer Witwe ohne Verstorbenen und ohne Erbschaft, einer Ehefrau ohne Herd? Eine Last, ein Berg auf meiner Brust. Was soll ich den Vettern und Nachbarn antworten! Meine Tochter hat ihrem Mann nicht genug Lust beschert. Wer hat anderswo gesucht, was er in seinem legitimen Bett nicht fand? Nein, es ist zuviel...«

Sie sei dann fortgegangen, um diese Vorwürfe nicht mehr hören zu müssen, um nicht mehr die Sitzengelassene zu sein, der Schimpf und Verachtung gilt. Ihr kleiner Bruder sei ihr gefolgt, er hätte sich an ihre Djellaba geklammert, weinend und flehend. Ihre Wanderschaft muß hart gewesen sein. Hunger, Kälte und Krankheit. Das Kind hatte das Augenlicht infolge eines Trachoms verloren. Sie wusch die Wäsche vornehmer Familien, kochte auf Hochzeiten oder bei Taufen. Sie zog ihren Bruder auf, als wäre er ihr Kind. Sie wünschte sich ein besseres Leben für ihn, kämpfte für ihn um ein Stipendium der öffentlichen Fürsorge. Er wurde Lehrer und brachte den Kindern des Viertels den Koran bei.

Sie wünschte sich ihn als Minister oder Botschafter. Er war lediglich Konsul in der imaginären Stadt eines Traumlandes. Sie war es, die ihn auf diesen Posten berief. Er akzeptierte, »um ihr keinen Kummer zu machen«, wie er mir später sagte. Er spielte das Spiel mit. Sie war zufrieden und widersprach ihm nie. So war es zwischen ihnen vereinbart in einer Beziehung stillschweigenden Einverständnisses, in einem täglichen Ritual, das diesen Bruder und diese Schwester zu einem seltsamen, gewiß zweideutigen Paar machte, das jedoch in einem theatralischen Spiel alle Spuren verwischte.

In der ersten Zeit dachte ich, sie würden sich amüsieren oder mich zerstreuen wollen. Bald waren sie tyrannisch, bald ergingen sie sich in romantischer Rührseligkeit. Ihre Sprache war blumig, auch wenn sie schrien. Das wichtigste Ritual fand morgens statt. Um den Konsul zu wecken, begann die Sitzende leise zu singen und murmelte dann, näherkommend, poetische Verse:

> Meine Gazelle, meine Leber
> meine Zärtlichkeit, mein Herz
> meine Schöne, mein Prinz
> Licht meiner Augen
> öffne deine Arme . . . usw.

Sie nahm sich die nötige Zeit und weckte ihn immer sehr sanft. Oft brachte sie ihm Blumen, und die erste Frage, die er stellte, galt nicht ihrem Duft, sondern ihrer Farbe. Er befühlte eine von ihnen und sagte dann: »Dieses Rot ist zu grell«, oder: »Dieses Gelb faßt sich gut an.«

Sie küßte ihm die Hand. Zog er sie nicht zurück, dann war er guter Laune und gab ihr für den Tag seinen Segen. Dann schlossen sie sich im Waschraum ein, wo sie ihn rasierte, parfümierte und ankleidete. Dann kamen sie zusammen heraus, wobei seine Hand auf der ihren lag, und schritten langsam voran, eine imaginäre Menschenmenge grüßend.

Anfangs erstickte ich vor Lachen. Später lernte ich das Spiel und war diese ungeheure Menge, die sehr früh aufstand, um das fürstliche Paar zu begrüßen.

Ich saß auf einem Schemel an dem niedrigen Tisch, wo das Frühstück serviert wurde. Ich hörte ihn im Flur sagen:

– Ich spüre, daß eine Blume im Haus ist; sie braucht Wasser. Warum hast du es mir nicht gesagt?

Als sie hereinkamen, erhob ich mich, um den Konsul zu begrüßen. Er reicht mir seine Hand, damit ich sie küsse. Ich drückte sie und setzte mich wieder.

– Eine Blume vielleicht, aber gewiß eine aufsässige! sagte er.

Ich lächelte. Die Sitzende bedeutete mir, aufzustehen, als wollte sie sagen: »Man ißt mit dem Konsul nicht am selben Tisch.«

Sie und ich frühstückten in der Küche, schweigend.

– Dieses Haus ist alles, was wir haben, sagte die Sitzende zu mir. Ich muß es führen und vor zudringlichen und neidischen Blicken schützen. Ich kümmere mich um alles. Ich muß alles voraussehen und vor allem dafür sorgen, daß es dem Konsul an nichts fehlt. Wir verdienen genug zum Leben. Manchmal werde ich im Hammam aufgehalten, und ich denke an den Konsul. Er langweilt sich. Dann macht er das Radio an. Das ist ein schlechtes Zeichen. Wenn er diesen Apparat einschaltet, dann heißt das, daß er gereizt ist. Da es mir zuviel wird, im Hammam ein Mann und im Haus eine Frau zu sein, kommt es vor, daß ich an beiden Orten beides zugleich bin, ich rechne mit deiner Hilfe. Zwei Dinge müssen klar sein: der Konsul braucht jemanden, der ihn besänftigt, wenn ich nicht da bin. Abends läßt er sich gern etwas vorlesen. Ich kann nicht lesen. Also erfinde ich Geschichten: wenn sie ihm nicht gefallen, ärgert er sich, er meint, daß ich ihn wie ein Kind behandle. Ich habe meinen Vorrat an Geschichten erschöpft. In letzter Zeit ist er ungeduldig, schroff, fast schon bösartig geworden. Ich leide. Ich brauche Hilfe. Das Programm ist praktisch jeden Wochentag das gleiche: am Vormittag ist er in der Koranschule, nachmittags hält er seinen Mittagsschlaf, abends ist er frei. Du wirst dich abends um ihn kümmern.

Der Konsul

In der ersten Woche überkam mich eine seltsame Schläfrigkeit. Ich war anderswo. Ich schlief, ohne zu träumen. Ich stand auf und schlich stundenlang im Haus herum, allein mit jenen altmodischen Gegenständen, den abgewetzten Teppichen und dem Porträt des Vaters über der Kommode. Ich sah es lange an, bis mein Blick sich trübte. Ich mochte diesen Zustand der Trägheit und Einsamkeit, in dem ich niemandem Rechenschaft abzulegen hatte. Abends, wenn der Konsul nach Hause kam, war ich hellwach. Tagsüber dehnte sich die Zeit und war wie eine Hängematte, in die ich mich legte und meinen Träumereien nachhing. Mit offenen Augen starrte ich die Decke und die Schlangenlinien an, welche die Feuchtigkeit gezeichnet hatte. Die Vergangenheit überflutete mich, Bild für Bild. Ich konnte mich des ungeordneten Ansturms so vieler Erinnerungen nicht erwehren. Sie hatten alle dieselbe Farbe, die von Sepiatinte. Stimmen, Schreie, Seufzer begleiteten sie in einem Gefolge, in dem ich mich selbst als Kind sah, aber nicht so, wie die einen und die anderen mich gemacht hatten.

Am Ende des großen Hauses hatten wir einen Raum, eine Art Speicher, in dem die Wintervorräte aufbewahrt wurden, Weizen, Öl und Oliven. Ein Raum ohne Fenster, dunkel und kalt, in dem die Mäuse und die Angst hausten. Mein Vater hatte mich einmal darin eingesperrt. Ich weiß nicht mehr, aus welchem Grund. Ich zitterte vor Wut und Kälte. Das Bild dieses unwirtlichen Raums drängte sich mir als erstes auf. Um es zu verscheuchen, rief ich aus meiner Hängematte meinen Vater, meine Mutter und die sieben Schwestern zusammen, winkte sie herein, verriegelte die Tür, übergoß sie mit Benzin und zündete sie an. Dies mußte ich mehrmals wiederholen wegen der Feuchtigkeit und des Windes, der die Flammen erstickte. Das Feuer kreiste um meine Familie, ohne sie zu erreichen. Sie war in der Prüfung vereint und wartete reglos auf das Ende des Scherzes.

Mit einer Handbewegung verscheuchte ich dieses Bild und versuchte, mich an etwas anderes zu klammern. Alle meine Tagträume waren schaurig.

Eine menschenleere enge Straße. Auf der Mauer waren Steine gewachsen wie trockene Granatäpfel. Auf glatten, gekalkten Stellen Silben, obszöne Zeichnungen, Graffiti. Eltern mit Kindern meiden sie. In dieser Straße, die so breit war wie ein Grab, begegnete ich meinem Vater. Als ich ihm gegenüberstand, betrachtete ich nicht den Himmel, sondern entzifferte die Wörter und Zeichnungen auf der Mauer. Ich sprach nicht mit ihm. Ich las laut, was auf der Mauer stand: »Die Liebe ist eine Schlange, die zwischen den Schenkeln kriecht«... »Die Hoden sind zarte Äpfel«... »Meine Rute geht vor der Sonne auf.« Der Kopf meines Vaters, der an der Mauer lehnte, befand sich genau zwischen zwei riesigen geöffneten Schenkeln. Ich schob ihn ein wenig beiseite und sah eine scharf gezeichnete Vagina mit Zähnen. Darüber stand geschrieben: »Die Zähne der Lust.« Ein Körper geht vorwärts; das einzig sichtbare Glied ist ein Geschlechtsorgan, die Eichel ist ein Totenkopf, der ganze Körper ist ein Geschlechtsorgan, das geht, lächelnd, ungeduldig. Rings um diese Zeichnungen die unzähligen Namen für das weibliche Geschlecht: die Tür, der Segen, der Spalt, die Barmherzigkeit, der Bettler, die Unterkunft, der Sturm, die Quelle, der Ofen, das Schwierige, das Zelt, das Warme, die Kuppel, der Wahnsinn, das Köstliche, die Freude, die Mulde, das Aufsässige... Ich buchstabierte sie einen nach dem andern und schrie sie meinem Vater ins Ohr, dessen Gesicht ganz weiß und ausdruckslos war. Ich schüttelte ihn, wie um ihn aufzuwecken. Er war kalt und bleich, seit langem tot.

Diese enge Straße, die Straße der Schande, führte zum Abgrund. Ich war neugierig. Ich wollte bis zum Ende gehen.

Diese Straße war von ihren Bewohnern verlassen worden, weil das Gerücht umging, sie würde zur Hölle führen, sie gehe auf einen Hof, auf dem die Köpfe der Toten ausgestellt sind wie Wassermelonen. Niemand mehr ging hier durch. Eine verfluchte Straße, in die sich von Zeit zu Zeit ein Toter flüchtet, der der Hölle entronnen ist.

Ich wußte, daß sich mein Vater trotz seiner Gebete und seiner Almosen eine Weile in der Hölle aufhalten würde. Jetzt bin ich mir dessen sicher. Er muß dort unten sein und für seine Sünden zahlen. Wahrscheinlich werde ich ihm eines Tages folgen, da ich die Hauptquelle seiner Sünden bin. Aber vorher werde ich leben, soviel steht fest...

Ich war in diese Gedanken versunken, als der Konsul die Küche betrat. Ich stand auf. Mit der Hand gab er mir ein Zeichen, mich wieder zu setzen. Er machte Pfefferminztee. Seine Hände wußten, wo jedes Ding sich befand. Sie zögerten nicht, suchten nicht, sondern griffen direkt nach dem Gegenstand. Als die Teekanne vorbereitet war, sagte er zu mir:

– Würden Sie bitte Wasser heißmachen?

Niemals rührte er Feuer an. Als das Wasser kochte, stand er auf und goß das Wasser in die Teekanne. Er machte das Gas aus und ließ den Tee ziehen. Er setzte sich wieder und sagte:

– Dieser Tee wird nicht sehr gut sein. Ich bitte um Entschuldigung. Die Minze ist nicht frisch. Man hat vergessen, welche zu kaufen. Sie können jetzt einschenken.

Stumm tranken wir den Tee. Der Konsul wirkte zufrieden. Er sagte:

– Es ist zwar keine Teezeit, aber ich hatte große Lust auf Tee, einfach so; also bin ich hergekommen. Ich hoffe, ich störe Sie nicht. Ich hätte mir auch ein Glas Tee aus dem Kaffeehaus an der Ecke kommen lassen können, aber ich wollte ihn hier trinken.

Ich wußte nicht, was ich antworten sollte. Nach einer Weile sagte er:

– Warum erröten Sie?

Ich legte die Hände auf meine Wangen; sie waren heiß; ich war wohl rot geworden. Ich war beeindruckt von der Eleganz und Anmut seiner Bewegungen. Ich wagte nicht, ihn anzusehen; sicher besaß er einen anderen Sinn, der ihn unmittelbar informierte. Ich entfernte mich ein wenig und beobachtete ihn. Ich weiß nicht mehr, ob er schön war, aber er war präsent, wie man so sagt; nein, mehr als das ... Er war ... Er schüchterte mich ein.

Nach dem Tee stand er auf:

– Ich muß mich wieder aufmachen; die Kinder sind schrecklich. Ich versuche, ihnen den Koran beizubringen, wie ich es mit einem schönen Gedicht gemacht hätte, aber sie stellen lästige Fragen, etwa: »Stimmt es, daß die Christen alle in die Hölle kommen?«, oder: »Wenn der Islam die beste aller Religionen ist, warum hat Gott so lange gewartet, sie zu offenbaren?«

Statt einer Antwort wiederhole ich die Frage und hebe die Augen zur Decke: »Warum ist der Islam so spät gekommen?« Vielleicht wissen ja Sie die Antwort?

– Ich habe schon darüber nachgedacht. Aber sehen Sie, es geht mir wie Ihnen, ich liebe den Koran wie ein herrliches Gedicht, und mir graut vor denen, die ihn wie Parasiten ausbeuten und die Gedankenfreiheit einschränken. Das sind Heuchler. Im übrigen spricht der Koran von ihnen ...

– Ja, ich sehe ... ich sehe ...

Nach kurzem Schweigen zitierte er den zweiten Vers der Sure »Die Heuchler«:

– »Sie haben ihre Eide zu einem Mantel genommen und machen abwendig von Allahs Weg. Siehe, übel ist ihr Tun« ... Fanatische Gläubige oder Gottlose. Wie dem auch sei, sie ähneln einander, und mir steht der Sinn nicht danach, mit ihnen zu verkehren.

– Ich kenne sie gut. Ich hatte früher mit ihnen zu tun. Sie berufen sich auf die Religion, um niederzudrücken und zu beherrschen. Und ich berufe mich jetzt auf das Recht der

Freiheit zu denken, zu glauben oder nicht zu glauben. Das geht nur mein Gewissen etwas an. Ich habe meine Freiheit bereits mit der Nacht und ihren Phantomen ausgehandelt.

– Ich mag es, wenn Sie lächeln.

In der Tat hatte ich ein Lächeln angedeutet, als ich von der Nacht sprach. Er bat mich, ihm ein sauberes Taschentuch zu leihen. Er nahm seine dunkle Brille ab und putzte sie sorgfältig mit dem Taschentuch. Als er ging, blieb er einen Augenblick vor dem Spiegel stehen, brachte seine Djellaba in Ordnung und kämmte sich.

Ich räumte das Haus auf und schloß mich im Waschraum ein. Es gab hier weder ein Waschbecken noch eine Badewanne, nur Schüsseln, die unter Kaltwasserhähnen standen. Ich betrachtete mich in einem kleinen Spiegel. Ich war mager geworden. Meine Brüste keimten. Ich legte meine Hände zwischen meine Schenkel. Ich hatte noch Schmerzen. Ich war nicht mehr jungfräulich. Meine sachkundigen Finger bestätigten mir, was ich bereits ahnte. Die Begegnung im Wald war brutal und blind gewesen. Diese Erinnerung war von keinem Gefühl oder Urteil geprägt. Für mich war es ein Vorfall unter vielen anderen, die ich erlebt hatte, ohne sie zu dramatisieren. Die Dinge sollten durch meinen Körper dringen, ohne Wunden zu hinterlassen. Das hatte ich in aller Heiterkeit beschlossen. Ich übte mich im Vergessen. Es war wichtig, nicht mehr zwanzig Jahre eines verfälschten Lebens herumzuschleppen, nicht mehr zurückzublicken und einer Horde von Erinnerungen Fußtritte zu versetzen, Erinnerungen, die mir nachliefen und im Unbekennbaren, Verabscheuungswürdigen und Unerträglichen rivalisierten. Ich wußte, daß mich dieses Bündel verknoteter Schnüre eine Zeitlang peinigen würde. Um sie wegzustoßen, mußte man fortgehen, nicht dasein, wenn sie an die Tür meines Schlafs pochten. Also beschloß ich, mich in Zukunft um das Haus des Konsuls zu kümmern, eine Frau zu werden, mein Empfindungsvermögen zu entwickeln und meinem Körper jene Sanftheit zurückzugeben, die ihm genommen worden war.

Das Zimmer des Konsuls war durch zwei Fenster erhellt. Es war sauber, ordentlich, angenehm und geschmackvoll eingerichtet. Ein Farbengemisch in den Stoffen; ein Berberteppich machte diesen Ort fröhlich und warm. Neben dem Bett eine kleine Bibliothek mit Büchern in Blindenschrift. Auf dem Nachttisch ein Wecker, ein Foto des Konsuls mit seiner Schwester, ein Aschenbecher, eine Wasserkaraffe und ein Glas. Am Ende des Raums ein Tisch, auf dem eine Schreibmaschine mit einem halb beschriebenen Blatt Papier stand. Ich verwehrte mir, auch nur die erste Zeile zu lesen. Ich war sehr neugierig. Ich entfernte mich und versuchte, ein paar Wörter zu entziffern. Dem Satzspiegel entnahm ich, daß es sich um ein Tagebuch handeln mußte. Auf dem Tisch ein roter Aktendeckel mit einem Stapel Blättern. Ich errötete. Ich schämte mich. Ich zürnte mir, dieses Geheimnis entdeckt zu haben. Der Konsul führte Tagebuch, wahrscheinlich ohne Wissen seiner Schwester.

Am Abend kam es zum ersten Zwischenfall seit meiner Ankunft in diesem Haus. Die Sitzende kam mit Einkäufen für das Abendessen beladen nach Hause und ging sofort in die Küche. Dort sah sie die noch volle Teekanne und beide Gläser, die ich zu spülen vergessen hatte. Sie stellte ihren Korb ab und fragte mich dann, ob tagsüber jemand dagewesen sei. Ich sagte, es sei niemand dagewesen.

– Wer hat dann Tee getrunken?

– Der Konsul und ich.

– Der Konsul trinkt tagsüber nie Tee im Haus.

– Doch! Er ist am Vormittag gekommen, er selbst hat ihn zubereitet. Laß dir von ihm erzählen, wie das kam.

– Nein. Er arbeitet in seinem Zimmer. Man darf ihn nicht stören. War der Tee gut?

– Ja, wenig gesüßt, wie ich ihn mag...

Aus seinem Zimmer gab der Konsul seinen Kommentar:

– Der Tee war gut, und die mit unserem Gast verbrachte Zeit noch besser!

Die Sitzende schwieg. Sie war schlechter Laune. Ich wollte

ihr helfen. Sie lehnte ab und bat mich, dem Konsul die Füße zu waschen.

– Es ist seine Zeit. Mach Wasser heiß und lege das Handtuch und das Parfüm zurecht.

Ich hatte noch nie einem Mann die Füße gewaschen. Der Konsul, der auf einem Sessel saß, streckte den rechten Fuß vor, damit er massiert werde, während der linke im warmen Wasser badete. Ich massierte ihn schlecht. Ohne nervös zu werden, nahm er meine Hand und massierte sie sanft.

– Man darf nicht reiben oder drücken. Die Massage ist etwas dazwischen, eine Liebkosung, die durch die Haut dringt und in ihr kreist, begleitet von höchst angenehmen Schauern.

Nach dieser Lektion kniete ich mich hin und versuchte, die richtigen Gesten zu finden. Seine Füße waren nicht groß. Etwa Schuhgröße neununddreißig. Ich massierte sie langsam. Offensichtlich war er zufrieden. Er lächelte und wiederholte in einem Ausruf des Vergnügens: »Allah! Allah!«

Trotz des Zwischenfalls zu Beginn des Abends verlief das Essen gut. Die Schwester war müde. Sie erhob sich und sagte zu mir:

– Du wirst ihm vorlesen.

– Nein, heute abend nicht, sagte der Konsul. Heute abend will ich mit meinem Gast die Diskussion von heute morgen fortsetzen.

Er bat mich, ihm auf die Terrasse zu folgen.

– Hier sind die Nächte sanft und schön, besonders in dieser Jahreszeit, wo der Sommer zuende geht, ohne sich zu beeilen. Außerdem liebe ich es, wenn der Himmel voller Sterne ist. In zwei Tagen ist Vollmond. Sie werden sehen, wie schön das ist.

Auf dem Fußboden lagen ein Teppich und zwei Kissen. Die Stadt schlief noch nicht. Man sah noch andere Leute auf den Terrassen, die aßen oder Karten spielten. Ich betrachtete sie, als er mich aufforderte, einen etwas aufmerksameren Blick auf die dritte Terrasse zu unserer Rechten zu werfen.

– Sind sie da?

– Wer?

– Ein Mann und eine Frau, jung, nicht verheiratet; sie treffen sich oft auf der Terrasse, um sich zu lieben. Sie küssen sich, umarmen sich und flüstern sich zärtliche Worte ins Ohr. Wenn ich mich allein fühle, komme ich hierher, und ich weiß, daß sie mir Gesellschaft leisten. Sie sehen mich nicht. Ich sie übrigens auch nicht. Ich spüre sie und mag sie. Sie stehlen sich ein paar Stunden Glück. Ich freue mich, ein diskreter Zeuge dieses Glücks zu sein. Wissen Sie, manchmal kommt es vor, daß ich aus zweiter Hand lebe. Es ist nicht schlimm. Es darf sich nur nicht zu oft wiederholen. Aber ich will Sie nicht mit meinen kleinen Geschichten langweilen. Worüber sprachen wir heute morgen?

– Über den Islam.

– Der Islam! Vielleicht sind wir des Adels dieser Religion nicht würdig.

– Beruht nicht jede Religion auf der Schuld? Ich selbst habe entsagt, ich bin eine Entsagende im Sinne der Mystik, ein wenig wie Mansur al-Hallaj.

– Ich verstehe nicht recht...

– Ich bin dabei, mit der Welt zu brechen, zumindest mit meiner Vergangenheit. Ich habe alles ausgerissen. Ich bin eine freiwillig Entrissene, und ich versuche glücklich zu sein, das heißt mit meinen Mitteln, mit meinem eigenen Körper zu leben. Ich habe die Wurzeln und ihre Masken ausgerissen. Ich bin eine Umherirrende, die keine Religion zurückhält. Ich gehe und durchquere die Mythen, gleichgültig...

– Das nennt man Freiheit...

– Ja, sich von allem entblößen, nichts besitzen, um nicht besessen zu werden. Frei, das heißt verfügbar, den Hemmnissen voraus, vielleicht der Zeit voraus.

– Sie erinnern mich an einen Satz des Zen: »Am Ursprung hat der Mensch nichts.«

– Ja, am Ursprung hat der Mensch nichts, und er sollte auch am Ende nichts haben. Aber man hat dem Menschen das Bedürfnis anerzogen, zu besitzen: ein Haus, Eltern, Kinder, Edelsteine, Eigentumstitel, Geld, Gold, Leute ... Ich lerne gerade, nichts zu besitzen.

– Dieser Drang zu besitzen und zu konsumieren drückt bei uns einen großen Mangel aus. Es fehlt uns etwas Wesentliches. Wir wissen es nicht einmal. Ich habe einen großen Herrn gekannt, der mit den Händen in den Hosentaschen lebte, ohne Haus, ohne Gepäck, ohne Bindungen. Er starb wie er geboren wurde: ohne irgend etwas. Es war ein Dichter, ein Mann mit der Gabe des Wortes ...

– Besitzen, anhäufen, beiseitelegen, wie man sagt, heißt das nicht, jeden Tag ein wenig mehr von unserer Würde zu gefährden, sie auf die Probe stellen?

Während wir diese Gedanken austauschten, hackte der Konsul methodisch ein paar getrocknete Kifblätter auf einem eigens dafür bestimmten Brett. Anfangs hatte ich nicht darauf geachtet. Seine Hände arbeiteten zügig, geduldig und fachmännisch. Er stopfte eine erste Pfeife, zündete sie an, tat einen langen Zug und klopfte die wenige Glut aus. Er sagte, wie zu sich selbst: »Das ist gut«, stopfte eine weitere Pfeife und reichte sie mir:

– Ich weiß nicht, ob Sie das mögen! Ich glaube, die Qualität ist gut. Hin und wieder rauche ich eine Pfeife oder zwei, das hilft mir, die Dinge zurechtzurücken, es hilft mir, in mir selbst klar zu sehen, natürlich ohne Wortspiel!

In meinem früheren Leben hatte ich zuweilen Kif geraucht. Ich hatte keine gute Erinnerung daran. In jener Nacht aber war alles gut, sogar der Kif. Ich fühlte mich zuversichtlich. Ich war ja gerade der Hölle entronnen.

Dieser Mann, dessen Füße ich allabendlich zu waschen lernte, war nicht mein Herr, und ich war nicht seine Sklavin. Aber er war bereits jemand, der mir nahestand. Ich vergaß seine Blindheit und wandte mich an ihn wie an einen langjährigen Freund. Er selbst sagte es eines Abends auf der Terrasse:

– Daß wir uns so gut verstehen, liegt wahrscheinlich

daran, daß wir tief in uns verborgen ein und dieselbe Wunde tragen, ich sage nicht ein und dasselbe Gebrechen – Blinde sind aggressiv und bösartig untereinander –, aber etwas Zerbrochenes bringt uns einander nahe.

Da ich beschlossen hatte, meine Vergangenheit endgültig zu begraben, antwortete ich nicht. Ich hatte es bereits zu würdigen gewußt, daß der Konsul in keinem Augenblick versucht hatte, die Bestandteile meines früheren Lebens in Erfahrung zu bringen. Wie ihm sagen, daß mein Leben gerade erst begann, daß ein dicker Vorhang vor eine Bühne gezogen worden war, auf der Wesen und Dinge mit dem gleichen Staub bedeckt waren, dem des absoluten Vergessens? Ich kämpfte schweigend, ohne mir etwas anmerken zu lassen, um ein für allemal diesem ungesunden Labyrinth zu entrinnen. Ich kämpfte gegen die Schuld, gegen die Religion, gegen die Moral, gegen die Dinge, die wieder emporzutauchen drohten, wie um mich bloßzustellen, mich zu beschmutzen, mich zu verraten und das Wenige zu zerstören, das ich in mir zu bewahren suchte.

Die Begegnung mit dem Konsul war eine große Wohltat, verbunden mit einigen Schwierigkeiten des täglichen Lebens. Dieser Mann hatte seine Welt, in der er sich mit seinem eigenen Rhythmus bewegte. Er hatte seine Gewohnheiten, einige Ticks und ein Ritual, das lächerlich oder unsinnig erscheinen mochte. Das alles wurde von seiner Schwester gepflegt, die auf diese Weise Macht ausübte. Ich selbst wußte nicht, wohin mit mir. Fast zufällig angeheuert, wußte ich noch nicht, welche Arbeit ich eigentlich zu verrichten hatte. Die Sitzende hatte mir angedeutet, was ich tun sollte. Er jedoch sagte nichts. Ich war da, nicht ganz zu seinen Diensten, aber ich mußte jederzeit zur Verfügung stehen. Im allgemeinen möchte ich wissen, woran ich bin. Dort stand ich im Nebel, und es gefiel mir! Das erinnert mich an eine Szene, wo wir alle in Nebel gehüllt waren.

Eines Abends nach dem Essen sprach der Konsul mit Bestimmtheit zu seiner Schwester:

– Morgen läßt du den Hammam saubermachen. Ich habe beschlossen, daß wir alle drei hingehen, um uns zu waschen.

– Aber das ist unmöglich!

– Doch, es wird möglich sein; morgen ist der Hammam der Familie vorbehalten. Wir werden gehen, du, unser Gast und ich.

– Aber...

– Es gibt nichts zu befürchten. Bei mir besteht keine Gefahr, daß ich eure Blöße erblicke...

Ich sagte nichts. Ich fühlte, daß die Sitzende auf meine Komplizenschaft zählte, um diesen Plan zu vereiteln. Ich schwieg nicht nur, sondern war froh und neugierig bei dem Gedanken, uns alle zusammen zu waschen.

– Gut, sagte die Schwester. Die letzten Kunden gehen um neun Uhr. Ihr werdet vor zehn kommen.

Sie stand auf und schloß sich in ihrem Zimmer ein. Der Konsul war zufrieden, wenn auch ein wenig besorgt:

– Ich mag es nicht, meine Schwester verärgert zu sehen. Sie meint bestimmt, ich tue das gegen sie. Hin und wieder habe ich absonderliche Ideen. Das ist meine Art der Nervosität. Aber ich habe Sie gar nicht nach Ihrer Meinung gefragt. Würde es Sie stören, wenn...

– Morgen sehen wir weiter!

– Ich sage das, weil Sie eine Frau sind, Sie sind sogar, nach dem, was ich fühle, sehr weiblich. Daher könnte es sein, wenn Sie sich im Dunkeln und im Dampf mit einem Mann wiederfinden...

– Sie haben Recht. Ich will nicht, daß Ihre Schwester denkt, es sei eine Idee von mir, eine Art Verschwörung gegen sie...

Der Pakt

Nur der Hauptraum des Hammam ist ein wenig beleuchtet; die beiden anderen sind dunkel. Es herrscht ein Zwielicht, in dem auch ein scharfes Auge nur mit Mühe einen schwarzen Faden von einem weißen zu unterscheiden vermöchte. Hätte die Zweideutigkeit der Seele ein Licht, so könnte es nur dieses sein. Der Dampf bekleidet die nackten Körper. Die Feuchtigkeit, in grauen Tröpfchen an den Wänden herabrinnend, nährt sich von dem Palaver, das in diesem Saal fortwährend stattfindet. Leer und gereinigt war der Hammam nur für uns da. Die Sitzende, als Herrin der Stätte, trat als erste ein, den Konsul an der Hand führend. Ich folgte ihnen, ohne etwas zu sagen. In Gedanken sah ich mich wieder, wie ich vor zwei Monaten an diesen Ort kam, wo ich mich mit knapper Not waschen konnte, zur Eile angetrieben von der Sitzenden, die schließen wollte, und von zwei Hexen drangsaliert, die mich umbringen wollten. Ich ging langsam und erkundete die Wände. Im hinteren Raum, dem dunkelsten, erschien mir ein Gespenst, der Körper eines jungen Mädchens, der an der Decke hing. Je näher ich kam, desto älter wurde der Körper, bis ich meiner Mutter gegenüberstand; sie hatte keine Zähne mehr, und die Haare hingen ihr wirr über Nacken und Gesicht. Ich wich zurück und traf im mittleren Raum auf den Konsul und seine Schwester. Ich war davon überzeugt, daß meine Erinnerungen sich vom Blut der Toten nährten und es in das meine träufelten. Die Mischung führte bei mir zu Halluzinationen, in denen ausgetrocknete Körper ihr Blut zurückforderten. Ich beschloß, mit niemandem darüber zu sprechen. Diese Geschichte mit dem vermischten Blut verfolgte mich seit dem Tod meines Vaters. Die Arbeit des Vergessens ging recht und schlecht vonstatten. Trotz allem kam ich mit der Beerdigung der Wesen und Dinge voran. Das Bad ist im allgemeinen ein ausgezeichneter Ort für Visionen. Die Gespenster benutzen es nachts für ihre heimlichen Gespräche. Frühmorgens, wenn die Türen geöffnet werden, riecht man einen Todesgeruch und findet Erdnußschalen auf dem Fußboden. Es ist altbekannt, daß die Gespenster beim Essen sprechen. Was ich sah, als ich den mittleren Raum betrat, war keine Vision: die Schwester, lediglich ein Handtuch um die Taille, saß auf dem bäuchlings ausgestreckten Konsul. Sie massierte ihn, seine Glieder dehnend und ihre Gesten mit kleinen Schreien begleitend, die zwar keine Schreie der Lust waren, aber dennoch wie unterdrückte Küsse klangen. Es war komisch, sie in dieser Stellung zu sehen oder den Konsul »Allah! Allah!« rufen zu hören, wie wenn ich ihm die Füße massierte. Ein leichter Klaps auf das Hinterteil, und der Konsul veränderte seine Lage. Er, der dünn und lang war, fand sich gänzlich mit dem fetten und schweren Körper seiner Schwester verknotet. Sichtlich fanden beide Vergnügen daran. Ich ließ sie ihre Übungen beenden und zog mich in den vorderen Raum zurück, wo es kühl war. Ich hatte mir ein ziemlich breites Tuch um die Taille geschlungen und begann, mir die Haare zu waschen, als, grotesk in ihrer Nacktheit, die Sitzende vor mir erschien und mir befahl, zu ihnen zu kommen.

– Warum versteckst du dich? Was du hast, das habe ich auch, und mein Bruder kann nicht sehen. Also geniere dich nicht und komm.

Ich dachte, das sei ein Befehl des Konsuls. Ich spülte mein Haar und ging zu ihnen. Sie saßen mit gespreizten Beinen in der Mitte und aßen hartgekochte Eier und rote Oliven. So war es Tradition. Sie gab mir ein Ei. Es war nicht hart genug. Der Dotter tropfte zwischen meine Finger. Ich hatte einen Anflug von Übelkeit. Einen Augenblick lang fühlte ich, daß ich zu einem Spielzeug in den Händen eines teuflischen Paars geworden war. Dieses Gefühl verstärkte sich, als die Sitzende mich bat, ihr Rücken und Hintern einzuseifen. Der Konsul kicherte stumm. Sie war lächerlich mit ihrem hochgereckten Hintern. Ich hatte den Eindruck, einen toten Berg zu waschen. Sie war eingeschlafen und schnarchte. Der Konsul legte seine Hand auf meine linke Brust. Er entschuldigte sich. Es war die Schulter, die er berühren wollte. Er bat mich, sie schlafen zu lassen. Sein Körper war dünn. Sein Geschlecht unter dem Handtuch war erigiert. Ich hielt Abstand. Er bemerkte es an meiner Stimme. Er verstand es vortrefflich, Entfernungen anhand der Stimme zu messen. Er sagte, er sei glücklich, sich mit mir im Hammam zu befinden. Ich sagte, mir sei von dem Ei übel geworden. Ich stand auf und lief in eine Ecke, um zu erbrechen, was ich gegessen hatte. Die Atmosphäre aus Zwielicht, Dampf und Feuchtigkeit, zudem die Anwesenheit zweier Frauen rief beim Konsul eine offenkundige sexuelle Erregung hervor. So erfuhr ich, daß die Blinden Phantasien nicht auf der Grundlage von Bildern haben, sondern von Gerüchen, konkreten Situationen, die manchmal mit einer Inszenierung einhergehen. Der Konsul hatte sich in eine dunkle Ecke zurückgezogen, das Gesicht der Wand zugekehrt. Ich wußte, daß er die Fassung verlieren würde, wenn ich mich von ihm berühren ließe. Er bat mich leise, ihm den Rücken einzuseifen. Ich weigerte mich. Er bestand nicht darauf. Ich hatte keinerlei Verlangen. Sobald ich die in der Mitte des Hammam ausgestreckte Sitzende sah, wurde mir von neuem übel. Ich wusch mich ziemlich schnell und ging, ohne auf sie zu warten, in den Ruheraum. Ich war so müde, daß ich einschlief.

War ich im Schlaf oder im Hammam? Ich hörte schmachtende Schreie, dann Röcheln. Ich sah – in Wirklichkeit glaube ich, gesehen zu haben –, daß der Konsul zusammengekrümmt in den Armen seiner Schwester lag. Er war wie ein Kind. Es gelang mir nicht, herauszufinden, wer von beiden dieses lustvolle Röcheln ausstieß. Die Szene zog sich eine geraume Weile hin. Ich beobachtete die beiden, aber sie konnten mich nicht sehen. Wie war das möglich? Dieser so feine, so intelligente Mann in den Armen dieser Frau zu einem Kind geschrumpft! Während er an ihrer Brust saugte, massierte sie ihm Füße und Rücken. Er brauchte wohl alle diese Umwege, um sein Bedürfnis zu befriedigen.

Als ich sie in große Tücher gehüllt den Raum verlassen sah, begriff ich, daß ein geheimer Pakt sie fürs Leben bis in den Tod verband. Sie waren glücklich und ausgeruht. Vielleicht hatte der Konsul die Absicht, mich in ihr Geheimnis einzuweihen und mir einen Teil der Komplizenschaft anzubieten, die sie beide vereinte. Er wirkte verärgert, als seine Schwester ihm mitteilte, daß ich den Hammam ziemlich schnell verlassen hatte. Ich dachte, er hätte es gespürt; aber alle seine Sinne waren von der Entspannung des Körpers in Anspruch genommen. Ich wußte, daß Blinde sehr reizbar sind. Der Konsul versuchte, seinen Zorn zu unterdrücken. Statt mich um seine Launen nicht zu kümmern, war auch ich betroffen von dem, was sich soeben ereignet hatte. Der Konsul schlief nicht in dieser Nacht. Ich hörte ihn auf seiner Schreibmaschine tippen. Die Sitzende schnarchte friedlich. Und ich wartete auf den Morgen. Mehrmals hatte ich große Lust, die Tür des Konsuls aufzustoßen, mich in eine Ecke zu setzen und ihm beim Schreiben zuzuschauen. Ich hatte Angst vor seiner Reaktion. Er war gereizt. Wahrscheinlich wegen meines Verhaltens. Ich war verwirrt. Meine Gefühle waren widersprüchlich: Panik verband sich mit einer sonderbaren Freude. Etwas war zerbrochen in dem Gleichgewicht, das unseren Beziehungen zugrundelag. Beziehungen, die gewiß zweideutig waren, aber ungezwungen, völlig neu, geprägt von den Verheißungen der Zeit und der Höflichkeit noch unbestimmter Gefühle. Es hatte nichts zu tun mit den Blitzen einer jähen und entfesselten Leidenschaft. Vielleicht war es eine Leidenschaft, aber eine stammelnde, noch in den Kinderschuhen ihres Ausdrucks.

Die einzige Leidenschaft, die ich gekannt hatte, war die zu meinem Vater. Ich hatte sie bis zum bitteren Ende getrieben, bis zum Haß, dann zum Tod und zum Haß nach dem Tod. Aber sie hatte alles auf ihrem Weg zerstört. Das Unglück ist geradezu das Wesen jeder Leidenschaft. Es ist ihr Kern, ihr

Motor und ihr Grund. Zu Beginn weiß man es nicht. Erst später, wenn der Sturm seine Arbeit getan hat, entdeckt man, daß auch das Unglück sein Werk getan hat. Deshalb ging ich vorsichtig und furchtsam vorwärts. Ich hatte beschlossen, eine passive Beobachterin zu bleiben. Es galt, mein Gewissen ins Reine zu bringen, der Haut Zeit zu lassen, sich zu schälen, und den Erinnerungen Zeit zu lassen, endgültig zu erlöschen. Ich schob eine Angina vor und blieb in meinem Zimmer, um zu schlafen. Ich mußte ein paar Tage verstreichen lassen zwischen dem Vorfall im Hammam und der Wiederaufnahme der Gespräche mit dem Konsul. Ich fühlte, daß es mir schwerfiel, ihm gegenüberzutreten. Nichts entging ihm. Er spürte alles. Er wußte um die kleinsten Regungen der Seele des Menschen, für den er sich interessierte.

Eines Tages – ich hütete noch das Bett – klopfte er an meine Tür und machte mir den Vorschlag, uns bei Sonnenuntergang auf der Terrasse zu treffen. Er sagte mir, es sei ein schöner Tag, das Licht sei sehr sanft und das Wetter ideal, um miteinander zu sprechen. Ohne die Tür zu öffnen, antwortete ich: »Mit Freuden!«

Ich war aufrichtig. Freude erfüllte mein Herz. Schon seit zehn Tagen hatten wir nicht miteinander gesprochen. Langsam rückten die Dinge wieder an ihren Platz. Die Sitzende schmollte. Sie ließ mich alle Hausarbeiten verrichten. Das war ihre Art, mir in Erinnerung zu rufen, daß meine Aufgabe die einer Magd oder besser einer Putzfrau war. Der Konsul aber hatte mich von Anfang an anders behandelt. Ich war weder ein Dienstmädchen noch eine Krankenschwester für Behinderte. Die Sitzende versuchte, mich durch miese Tricks vom Konsul zu trennen. Sie legte eine Matratze in eine Ecke der Küche und bedeutete mir, daß dies von nun an mein Zimmer sei. Ich erhob keinen Einspruch. Sie war in ihrem Haus. Es störte mich nicht. Es war mir einerlei, ob ich nun zwischen Töpfen, unter freiem Himmel oder in einem behaglichen Zimmer schlief. Ich hatte kein Gepäck herumzutragen. Ich schlief also in der Küche und hatte einen wunderbaren Traum. Es ging um eine Reise, ein Schiff und ein Bad in klarem Wasser.

Am Morgen vernahm ich einen Wortwechsel zwischen der Sitzenden und ihrem Bruder. Er war kurz, aber heftig. War es eine Inszenierung, Teil eines Szenarios, das sich um meine Anwesenheit in diesem Haus drehte? Oder war es nur ein Wutanfall des Blinden, auf dessen Absonderlichkeit man keine Rücksicht genommen hätte? Vielleicht warf er seiner Schwester vor, mich in die Küche verbannt zu haben... Letztlich wollte ich es gar nicht wissen. Ich hatte mich in ihre Geschichten nicht einzumischen. Ich schwieg und dachte, daß die Aufmerksamkeit, die der Konsul mir bewies, schon viel sei. Schließlich war ich nur eine Fremde, eine Vagabundin ohne Papiere, ohne Identität, ohne Gepäck, die aus dem Nichts kam und ins Unbekannte zog. Daß ich in den ersten Tagen meiner Wanderschaft aufgelesen worden war, ließ mich nicht gleichgültig. Die Tatsache, diesem komplizierten, gebildeten und einschüchternden Mann begegnet zu sein, wurde ein immer wichtigeres Ereignis in meinem Leben (hier unterscheide ich nicht zwischen dem vorherigen und dem neuen), mit allem, was es mit sich gebracht, gekannt und zerstört hat.

Ich spülte das Geschirr und räumte die Küche auf, bevor ich mich schlafen legte. Schaben und Ameisen leisteten mir Gesellschaft. Sogar in vornehmen Familien läßt man die Dienstboten üblicherweise in der Küche schlafen. Durch diese Verbannung zeigte mir die Sitzende meine wahre Funktion und die Grenzen dessen, was ich tun und sagen durfte.

Diese Situation währte nicht lange. Eines Abends suchte mich der Konsul auf und bat mich, wieder in mein Zimmer zu ziehen. Ich weigerte mich. Er bestand darauf und sagte dann:

– Das ist ein Befehl!

– Ihre Schwester...

– Ja, ich weiß. Ich habe mit ihr geredet. Es tut ihr leid. Es geht ihr zur Zeit nicht gut. Ihr Rheumatismus ist wiedergekommen, und sie ist schlechter Laune.

– Ich gehorche nur Ihrer Schwester. Sie hat mich hier untergebracht, und sie sollte mir meinen neuen Platz in diesem Haus anweisen.

– Sie haben recht. Manchmal muß man das Recht außer acht lassen. Ich bitte Sie darum ...

Und nach einem Schweigen, bei dem ich spürte, daß er nach den richtigen Worten suchte, um mir etwas Ernstes zu sagen, fügte er hinzu:

– Ich mag es nicht, Sie fern zu wissen, in diesem Raum, der nach Fett und aufgewärmten Tajines stinkt.

In diesem Augenblick erschien die Sitzende mit aufgelöstem Haar und müdem Gesicht:

– Er hat recht. Bleib nicht hier.

Dann verschwand sie.

Auf der Terrasse befanden sich der kleine Tisch, eine Kifpfeife, eine Teekanne und zwei Gläser. Er bat mich, ihm Gesellschaft zu leisten. Und er sprach während eines guten Teils der Nacht:

– Ich habe märchenhafte Länder gesehen, in denen die Bäume sich neigten, um mir Schatten zu spenden, in denen es Kristalle regnete, wo bunte Vögel mir vorausflogen, um mir den Weg zu zeigen, wo der Wind mir Düfte zuwehte, Länder mit durchsichtiger Rinde, in die ich mich Stunden und Tage zurückzog. Dort traf ich Propheten mit fröhlicher Seele, Freunde aus meiner Kindheit, die ich aus den Augen verloren hatte, Mädchen, in die ich als kleiner Junge verliebt gewesen war; ich bin in einem exotischen Garten spazierengegangen, in dem es weder Gitter noch Wärter gab. Ich bin auf Seerosen gewandelt, die so breit waren wie ein Teppich. Ich habe auf einer Bank geschlafen, ohne daß jemand mich störte. Mein Schlaf war gut, das heißt tief, schwer und erholsam. Mich quälte nicht die geringste Sorge. Ich befand mich in Frieden mit mir selbst und mit den anderen. Doch um Ihnen die ganze Wahrheit zu sagen, die anderen waren aus diesen Ländern vertrieben worden. Deshalb fand ich sie märchenhaft. Die Leute gingen vorüber, ohne stehenzubleiben. Sie hatten es eilig. Ich dagegen ging langsam, staunend stand ich vor den herrlichen Farben, mit denen der Himmel sich bei Sonnenuntergang überzog. Ich bemerkte, daß die Leute alle in dieselbe Richtung gingen. Ich folgte ihnen, aus Neugier und weil ich nichts Bestimmtes zu tun hatte. Sie blieben vor einem riesigen Schuppen am Stadtrand stehen. Um ihn herum gab es weder Häuser noch Bäume, noch Wiesen. Ein blauangestrichener Schuppen erhob sich in der Mitte eines riesigen trockenen Geländes. Die Leute gingen durch eine Tür hinein und kamen aus einer anderen heraus, die Arme schwer mit kleinen Päckchen beladen. Das war merkwürdig. Ich stellte mich wie alle anderen in die Schlange, ohne zu wissen, warum. Bemerkenswert war auch, daß die Leute diszipliniert waren. Wie Sie wissen, ist Bürgersinn bei uns nicht eben häufig anzutreffen. An der Eingangstür angelangt, sah ich riesige Tafeln über großen Regalen hängen. Auf jeder Tafel stand ein Buchstabe des Alphabets. Der Schuppen war ein Depot für Wörter. Er war das Wörterbuch der Stadt. Die Leute kamen, um sich mit Wörtern und sogar mit Sätzen einzudecken, die sie in der Woche möglicherweise brauchen konnten. Es gab hier nicht nur Stumme oder Stotterer; es gab auch jene, die dafür bekannt waren, daß sie nichts zu sagen hatten, die sich wiederholten, ohne es zu merken; es gab die Schwätzer, denen es an Wörtern fehlte; es gab jene, die mit einem Wort auf der Zunge ankamen und sich in einem Spiegel betrachteten, um das betreffende Wort wiederzufinden; es gab jene, die oft den Sinn der Wörter verkehrten und sich im Regal irrten; diese wurden von einem Führer an der Hand genommen; es gab auch einige, die gern Silben verdrehten und behaupteten, eine neue Sprache zu erfinden. Jedenfalls wirkte der Schuppen wie ein riesiger Kessel auf dem Feuer. Ich bin durch die Gänge spaziert. Es gab aufgehäufte, mit einer Staubschicht bedeckte Wörter. Niemand benutzte sie. Sie stapelten sich bis zur Decke. Ich sagte mir, daß es entweder Wörter waren, die die Leute nicht mehr brauchten, oder Wörter, die sie sich ein für allemal geholt und zu Hause gehortet hatten. Ich verließ den Schuppen durch die Dienstbotentür; sie war in einer Wand mit Regalen verborgen, auf denen zerbrochene, beschädigte Wörter sowie sehr abgenutzte, alte Wörter lagerten, die niemand verwendete. Ich überlasse es Ihnen, diese Wörter zu erraten, so wie ich auch die unflätigen Wörter mit Stillschweigen übergehe, die in einer dunklen Ecke lagen, mit einem grellroten Schleier bedeckt. Wie in Wundergeschichten befand ich mich, als ich jene Tür öffnete, in einem riesigen, hell erleuchteten Keller, in dem Frauen wandelten, braune, blonde, rothaarige junge Frauen, die jeweils einen Schönheitstyp, ein Land, eine Rasse, ein Temperament verkörperten. Sie gingen auf und ab, sprachen jedoch nicht miteinander. Manche saßen und schlummerten. Andere gestikulierten ganz allein und priesen das Produkt an, das sie in sich bargen. Dieses riesige Areal unter der Erde war die Bibliothek der Stadt. Ein herrliches Geschöpf sprach mich an und sagte: »Im Alter von zweiundzwanzig Jahren hatte ich mein Studium an der Universität von Göttingen beendet. Mein Vater, Minister des Kurfürsten von (Pause), wollte, daß ich die bedeutendsten Länder Europas bereise...« Dann, nach kurzem Schweigen: »Ich bin Adolphe... Nehmen Sie mich, ich bin eine Liebesgeschichte; sie geht schlecht aus; es ist das Leben...« Natürlich dachte ich sofort an die Geschichte jenes imaginären Landes, in dem alle Bücher verbrannt wurden und jeder Bürger ein Buch auswendig lernte, um die Literatur und Dichtung zu bewahren und weiterzutragen. Hier aber war es anders. Die Bücher waren weder verboten noch wurden sie verbrannt. Sondern eine Firma hatte hübsche Frauen engagiert, die einen Roman, ein Märchen oder ein Theaterstück auswendig lernten und sich erboten, gegen Bezahlung ins Haus zu kommen und das Buch, das sie gelernt hatten, vorzutragen. Es mußte sich um einen schwarzen Markt handeln. Am Eingang ließ man mich eine

Eintrittskarte lösen. Eine Frau mittleren Alters saß auf einem Sofa. Sie war nicht schön, hatte jedoch etwas Seltsames und Anziehendes in ihrem Blick. Als ich mich ihr näherte, sagte sie zu mir: »Ich bin *Risalat al-Gufran*, Traktat der Vergebung, ein grundlegendes Buch, das nur wenige Leute wirklich gelesen haben, ich wurde im Jahr 1033 geschrieben, und mein Schöpfer kam in Na'rat al-Nu'man in Nordsyrien, in der Gegend von Aleppo zur Welt ... Ich bin ein schwieriges Buch, in dem die Toten sich unterhalten, wo Abrechnungen mit Hilfe poetischer Schmähreden stattfinden, wo der Aufenthalt im Himmel länger ist als der in der Hölle ...« Diese menschliche Bibliothek war sehr belebt. Es gab sogar ein sehr junges Mädchen, das auf einem Trapez wippte und *Ulysses* rezitierte. In einem orientalisch ausgestatteten Zimmer erboten sich zehn schöne Frauen, alle als Scheherazade verkleidet, jeweils einen Teil aus *Tausendundeine Nacht* zu erzählen. Man war mitten in einem Zauberstück. Ich sagte es Ihnen schon zu Beginn, es war ein außergewöhnliches Land. Diese Bibliothek war ein Wunderwerk. Als ich sie verließ, kam ein ganz in Weiß gekleideter alter Mann auf mich zu und murmelte mir ins Ohr: »Es ist ein Frevel, sich mit einem Werk zu identifizieren. Sich für *Die Tage* von Taha Husain oder *Die menschliche Komödie* von Balzac auszugeben, was für eine Dreistigkeit! Ich selbst bin nur ein Leser, ein armer Leser des Korans ... Stellen Sie sich vor, welche Ketzerei ich begehen würde, wenn ich mich für das heilige Buch hielte ... Lieber gleich den Schlüssel der Welt zurückgeben und dem Wahnsinn verfallen ... Sollten Sie jedoch jemanden brauchen, der am Grab Ihrer Eltern einige Verse spricht, dann bin ich Ihr Mann ...« Es ist ein märchenhaftes Land. Ein von den Lichtern meiner schlaflosen Nächte erleuchtetes Land. Wenn ich es verlasse, werde ich traurig. Es fehlt mir jedesmal, wenn ich meine Augen auf die ewige Finsternis öffne. Mein Wunsch und Wille allein reichen nicht aus, mir erneut die Tore dieses Landes zu öffnen. Dazu bedarf es eines Zustands der Gnade, einer besonderen Verfassung. In Wirklichkeit kommt das Land zu mir. Es besucht mich mit seinen Gärten, seinen Palästen und seinen unterirdischen Gewölben, wo ein phantastisches Leben pulsiert. Das ist mein Geheimnis und mein Glück. Doch ich muß gestehen, daß diese Trugbilder mich manchmal ermüden. Sie quälen mich mit ihrer unwirklichen Schönheit. Aber so ist das Leben. Seit Sie im Haus sind, verspüre ich weniger häufig das Bedürfnis, mich in den Labyrinthen dieses flüchtigen Raums zu verlieren. Vielleicht sind Sie ja in diesem Land geboren? Ich habe mir diese Frage schon gestellt. Ich sage das wegen des Dufts ihrer Gegenwart. Es ist kein Duft, der aus einem Fläschchen kommt, er entströmt Ihrer Haut. Das ist der einzigartige Duft des Seins. Ich bin besonders begabt, dieses Zeichen zu erkennen. Verzeihen Sie mir. Ich habe lange geredet. Bestimmt habe ich Ihre Geduld mißbraucht. Vielleicht sind Sie müde. Wir haben nicht einmal den Tee getrunken. Jetzt ist er kalt. Gute Nacht!

Ich schlief mühelos ein, und die ganze Nacht träumte ich von jenem Zauberland. Alles dort war flammend hell, aber ich habe den Weg zur Bibliothek nicht gefunden.

Niedergeschlagene Seele

Anfangs hatte ich nicht bemerkt oder vielmehr nicht sehen wollen, daß das Gesicht der Sitzenden vom Haß verwüstet war. Mehr vom Haß auf sich selbst als vom Haß auf die anderen. Aber es war schwierig, es zu erkennen. Auf diesem Gesicht, besonders wenn es schlief, konnte man die Spuren mehrerer Niederlagen lesen. Diese Verheerungen waren keine Maske, sondern eine tägliche Pein. Nur die Übung des Hasses schützte diese Frau vor dem körperlichen Verfall und drängte den Tod zurück. Einen Tod, der nicht von der Zerstörung des Körpers herrühren würde, sondern von einer ungeheuren Verzweiflung, von unendlicher Traurigkeit und Ohnmacht, die in die Finsternis führen.

Eines Abends nach dem Essen, als der Konsul auf der Schreibmaschine schrieb, kam die Sitzende zu mir und schlug mir vor, auf der Terrasse Tee mit ihr zu trinken.

– Wenn ich Tee trinke, kann ich nicht schlafen, sagte ich zu ihr.

– Dann mache ich dir einen Kräutertee.

– Was hast du mir zu sagen?

– Fürchte nichts! Ich will dir nur sagen, wer ich bin. Das ist alles. Und wenn du wissen wirst, wer sich hinter diesem Gesicht verbirgt, dann verlierst du vielleicht den Schlaf.

Sie machte die gleichen Gesten wie der Konsul, bereitete den Kif vor, rauchte zwei oder drei Pfeifen und begann zu sprechen. Ich trank den Kräutertee und hörte ihr zu, zuerst weil ich dazu gezwungen war, und danach, weil es schrecklich war. Sie sprach schneller als sonst und legte zuweilen lange Pausen ein:

– Ich weiß, was du von mir denkst. Du denkst nichts, jedenfalls nichts Schlechtes. Noch nicht. Du verwirrst mich durch deine Geduld, man könnte fast meinen, es sei Gleichgültigkeit oder Passivität. Manchmal geht mir diese Verfügbarkeit auf die Nerven. Aber gleichviel. Wisse, daß ich weiß, wer ich bin. Meine Geburt war vermutlich ein Irrtum. Als ich klein war – ich wurde häßlich geboren und bin es geblieben –, hörte ich oft über mich sagen: »Dieses Kind hätte nicht dasein dürfen.« »Dieses Kind ist aus der Trockenheit geboren.« Ich war ein hinderliches Kind, nie an seinem Platz. Mein mißgestalteter Körper störte. Wohin ich auch ging, überall sah ich Jammer und Enttäuschung auf den Gesichtern der Leute, vor allem der großen. Im Grunde bin ich nicht böse. Ich wehre mich. Es ist eine Verhaltensregel. Mir nichts gefallen lassen. Den Vorwürfen oder Verleumdungen zuvorkommen. So entgeht mir nichts. Von Anfang an hatten die Kinder mich von ihren Spielen ausgeschlossen. Niemand wollte dieses Gesicht ohne Anmut. Ich verstand diejenigen, die sich nicht wohl fühlten, weil meine Gegenwart sie störte. Meine Eltern waren unglücklich. Die Niederlage stand ihnen im Gesicht geschrieben. Ich war ihre eigene Niederlage. Sie haben ein zweites Kind gemacht, um diesen Fluch zu besiegen. Als mein Bruder geboren wurde, gaben sie ein großes Fest. Aber mein armer Bruder erblindete infolge der Masern. Wieder hielt das Unglück Einzug in diese Familie. Ich fühlte mich verantwortlich. Dieses Kind war das Licht und die Grazie eines Hauses, in dem man nie lachte, sich nie vergnügte. Und nun wurde es in wenigen Tagen für immer des Lichts beraubt. Zum erstenmal erlaubte ich den Tränen, über mein Gesicht zu rinnen. Mein Herz war getroffen. Nicht mein Gesicht, das den gleichen Ausdruck behielt. Ich kann Leute, die weinen, nicht ausstehen. Um zu weinen, muß man ein wenig Zuneigung erhalten haben. Ich habe niemals etwas erhalten. Durch dieses Unglück, das ich für größer erachtete als meines, habe ich verstanden, daß ich aus einem Verderben geboren worden bin. Ich fiel wie ein böser Regen, ein Regen, den man nicht erwartet, den man fürchtet, weil er die Saat verfaulen läßt. Ich muß wohl alle meine Energie aufgespart haben, um Unschuldige für den Zufall meiner

Geburt zahlen zu lassen, ich weiß: mein Gesicht ist wie ein Aquarell, über das ein Lappen gewischt ist. Mein Gesicht ist verrutscht. Alles an mir ist schief, der Körper und was darinnen ist. Ich habe soviel Haß angesammelt, daß ich mindestens zwei Leben bräuchte, um ihn zu verströmen. Aber ich gestehe dir, daß mir mit Haß nicht gedient ist. Denn um zu hassen, muß man lieben, und sei es nur ein ganz klein wenig. Ich liebe niemanden, nicht einmal mich selbst. Was ich für den Konsul empfinde, steht über der Liebe. Es ist meine Atmung, das Pochen meines Herzens. Aber damit kann man nicht leben. Du brauchtest nur dieses Haus zu betreten, und schon fand er sein Lächeln wieder. Vorher war es nicht auszuhalten. Er war sogar aggressiv, gewalttätig und ungerecht geworden. Deshalb habe ich dir, als ich dich sah, verloren und ungebunden, vorgeschlagen, bei uns zu wohnen. Ich brauche es dir nicht einmal zu gestehen, du weißt es. Deine Anwesenheit hat ein wenig Licht in dieses Haus gebracht. Du bist unschuldig. Ich bin es nicht. Ich habe meine Eltern sterben lassen. Ich glaube sogar, daß niemand auf ihrer Beerdigung war. Ich habe mit meinem Bruder das Haus verlassen und die wenigen Wertsachen mitgenommen. Ich habe sie mit einer alten Irren zurückgelassen. Ich bin fortgegangen. Skrupellos. Ohne eine Träne zu vergießen. Ich habe mein Leben jeder Substanz entleert, die einer Hoffnung hätte ähneln können. Und seither drehe ich mich im Kreis, während ich sitze. Mein Bruder wuchs in meinen Armen heran. Ich war zu seinen Augen geworden. Ich habe hart gearbeitet, damit es ihm an nichts fehle. Ich erwarte keine Dankbarkeit. Ich habe Angst, ihn zu verlieren. Hilf mir, ihn nicht zu verlieren. Ich ahne das Mißgeschick voraus. Ich bin gegen das Unglück schlecht gewappnet. Nun aber sehe ich es sich in der Ferne abzeichnen, so wie ich jemanden, eine Silhouette, vielleicht einen Mann oder genauer eine als Mann verkleidete Frau diese Straße entlanggehen sehe, allein, in einer kitschigen Abenddämmerung; ich weiß, ich fühle, daß dieser Schatten fähig ist, das Unglück aufzuhalten. Ich bin keine Hellseherin, aber manchmal habe ich so starke Vorahnungen, daß in meinem Geist alles klar wird. Die Silhouette trägt deine Züge. Du bist vom Schicksal gesandt, und wir wissen nicht, wer du bist, woher du kommst und was du denkst. Der Konsul scheint glücklich mit dir zu sein. Jedenfalls tut deine Gegenwart ihm gut. Ich muß dich halten, denn du hast es verstanden, meinem Bruder die Lust zu lächeln, zu schreiben wiederzugeben. Seit Monaten hatte er seine Schreibmaschine nicht mehr angerührt. Ich weiß nicht, was er schreibt. Aber es muß wichtig sein. Wenn er dich bittet, ihn zu einem Ort zu begleiten, den er den »duftenden Garten« nennt, sei nicht schockiert und lehne vor allem nicht ab. Früher habe ich ihn begleitet. Jetzt mag er sich nicht mehr mit mir zeigen. Er schämt sich seiner Schwester, die ihr Leben damit verbringt, am Eingang des Hammam zu sitzen. Ich bin keine Hüterin von Geheimnissen mehr. Ich hüte nur noch abgetragene Kleider. Das ist alles. Nichts, worauf man stolz sein könnte. Ich betreibe ein verrufenes Gewerbe. Und was war dein Gewerbe, bevor du hierher kamst?

Sie hielt einen Augenblick inne, stopfte eine Kifpfeife, reichte sie mir und sagte:

– Damit wirst du reden können... Es hilft... Es befreit!

Ich rauchte. Als ich den Rauch einatmete, tat es weh und ich hustete. In ihren Augen stand Unruhe und Ungeduld:

– Ich will es wissen. Ich bestehe darauf. Wer bist du? Was trägst du Wunderbares in dir? Wie ist es dir gelungen, einem Sterbenden wieder Leben zu geben?

So erfuhr ich von ihr all das, was allein meine Gegenwart bei diesem Mann, der in diesem Haus der Finsternis erstickte, auszulösen vermocht hatte. Ich war selber erstaunt. Sie drang weiter in mich, flehte mich sogar an, zu sprechen. Ich hatte nichts zu sagen. Sie begann zu wimmern und zu weinen. Um diese groteske Situation zu beenden, willigte ich ein, ein paar Worte zu sagen:

– Bevor ich in diese Stadt kam, hatte ich das Glück und das

Privileg, in einer Quelle mit außergewöhnlichen Kräften zu baden. Eine dieser Kräfte ist für mich lebenswichtig: das Vergessen. Das Wasser dieser Quelle hat meinen Körper und meine Seele gewaschen. Sie hat sie gereinigt und vor allem Ordnung in meine Erinnerung gebracht, das heißt, sie hat nur sehr wenige Dinge aus meiner Vergangenheit übriggelassen; nur drei oder vier Erinnerungen sind geblieben. Die anderen sind verschwunden, und an ihrer Stelle sehe ich Ruinen und Nebel. Alles ist in eine abgenutzte Wolldecke gehüllt. Um zu dieser Quelle zu gelangen, muß man alles aufgeben und endgültig auf das Heimweh verzichten. Ich habe meine Ausweispapiere vernichtet und bin dem Stern gefolgt, der den Weg meines Schicksals vorzeichnet. Dieser Stern folgt mir überall. Ich kann ihn dir zeigen, wenn du willst. Der Tag, an dem er erlischt, wird der Tag meines Todes sein. Ich habe alles vergessen: die Kindheit, die Eltern, den Familiennamen. Und wenn ich mich in einem Spiegel betrachte, so gestehe ich, daß ich glücklich bin, weil dieses Gesicht neu für mich ist... Ich sollte ein anderes Gesicht haben. Doch es gibt etwas, was mich beunruhigt: die Gleichgültigkeit bedroht mich, das, was man die Wüste der Gefühle nennt. Wenn ich nichts mehr empfinde, werde ich verwelken und verschwinden. Weder der Konsul noch du, noch ich sind mittelmäßige Menschen. Also ist es besser zu lachen... wir ziehen lediglich vorüber... Erlauben wir der Zeit nicht, sich in unserer Gegenwart zu langweilen; sorgen wir dafür, daß wir ihr ein paar Annehmlichkeiten bereiten, mit ein wenig Phantasie, mit der Farbe zum Beispiel; der Konsul liebt die Feinheiten der Farben; es verwundert nicht, diese Leidenschaft bei einem Blinden anzutreffen...

Meine Worte hatten eine beruhigende Wirkung auf die Sitzende. Während ich sprach, sah sie mich mit tränenfeuchten Augen an. Sie hatte den harten Ausdruck verloren, den sie sonst zur Schau trug. Der Haß, von dem sich zu nähren sie behauptete, erschien nicht mehr auf ihrem Gesicht. Es war mir gelungen, sie zu besänftigen und zu rühren. Dabei hatte ich ihr nichts wirklich Aufwühlendes gesagt. Nach kurzem Schweigen warf sie sich auf meine Hände und bedeckte sie mit Küssen. Es war mir peinlich. Ich versuchte, meine Hände zurückzuziehen, aber sie hielt sie fest. Ihre Küsse waren voller Tränen. Sie entschuldigte sich:

– Ich bitte dich um Verzeihung. Verzeih mir, daß ich in heftigem Ton zu dir gesprochen habe. Du bist ein Engel, von den Propheten gesandt. Wir sind deine Sklaven.

Um diese peinliche Szene zu beenden, stieß ich einen Schrei aus:

– Es reicht! Ich bin kein Engel und von niemandem gesandt! Steh auf!

Man hörte das Klappern der Schreibmaschine, ein gleichmäßiges Klappern, so als würde der Konsul hartnäckig immer dasselbe Wort tippen.

Die Unordnung der Gefühle

Ich konnte nicht einschlafen. Ich hörte die Sitzende in der Küche weinen, während der Konsul in seinem Zimmer auf und ab ging. Einen Augenblick lang verfiel ich auf den Gedanken, dieses Haus zu verlassen und mein Glück anderswo zu versuchen. Aber irgend etwas hielt mich zurück. Da war natürlich mein Interesse für den Konsul, die Verwirrung, die seine Anwesenheit in mir hervorrief. Da war auch eine sehr starke Vorahnung: wohin ich auch gehen würde, überall hätte ich nur zwiespältige Beziehungen, würde ich nur merkwürdigen Leuten begegnen. Ich war fest davon überzeugt, daß diese Familie oder vielmehr dieses Paar mir bestimmt war. Es befand sich auf meinem Weg. Ich mußte dieses Haus betreten, und meine Natur mußte darin Verwirrung stiften. Im Augenblick herrschte eine Unordnung der Gefühle. Nichts war klar. Wer liebte wen? Wer hatte Interesse daran, diese Situation andauern zu lassen? Wie dieses Haus ohne Drama verlassen?

So erfuhr ich also, daß die Sitzende seit langer Zeit Frauen den Zutritt zum Haus verwehrt hatte. Eifersüchtig hielt sie ihren Bruder unter der Fuchtel. Er begehrte auf, war jedoch auf sie angewiesen. Ich glaube, daß ich genau in dem Augenblick in dieses Haus gekommen bin, als sich die Spannung zu entladen drohte.

Ich, die ich aus einer langen Abwesenheit, aus einer Krankheit kam, wurde nützlich. Gewiß, die Sitzende war verrückt. Sie trug den Haß auf die Männer in sich und behielt alle Liebe der Welt ihrem Bruder vor. Von Zeit zu Zeit sprach sie von einem Lastwagenfahrer, der sie zu absonderlichen Orten bestellte, wie dem Ofen, der an den Hammam grenzt, oder der Werkstatt eines Töpfers am Stadtrand. Einmal hatten sie sich kurz vor Mitternacht in einer Moschee getroffen. Beide waren sie in graue Djellabas gehüllt, so daß man sie nicht bemerkte. Sie waren eng umschlungen eingeschlafen und frühmorgens entdeckt worden, zur Zeit des ersten Gebets, des Gebets der Morgendämmerung. Sie flohen wie Diebe. Seitdem war der Lastwagenfahrer verschwunden, und die Sitzende hatte es aufgegeben, auf ihn zu warten. Wenn sie delirierte, erzählte sie diese Geschichte mehrmals hintereinander und behauptete, der Konsul sei das Kind dieser Idylle! Da sie ihn nicht als unehelichen Sohn ausgeben konnte, sagte sie, er sei ihr Bruder. Nichts davon stimmte. Sie redete nur so daher.

Am folgenden Tag sollte ein weiterer Vorfall die Spannung erhöhen, die uns am Leben hielt. Der Konsul kam spät nach Hause. Er war müde, etwas hatte ihn verärgert. Die Sitzende stürzte los, um ihm beim Ablegen der Djellaba behilflich zu sein. Er machte eine Handbewegung, um sie wegzustoßen, aber sie wich ihr aus, und in wenigen Sekunden befand sich die Djellaba in ihren Händen. Sie ging in die Küche, um das Wasser für die Fußmassage heißzumachen. Ich rührte mich nicht und beobachtete die Szene. Er war wütend:

– Man hat mich verhöhnt! Es ist einfach unerträglich!

Er nahm seine dunkle Brille ab und putzte sie nervös.

– Diese Luder! Sie haben mir die Einäugige angedreht... ja, die keiner will.

Aus der Küche rief die Sitzende:

– Das kommt davon, daß du ohne mich hingehst. Wäre ich dabeigewesen, dann hätten sie das nicht getan. Gut, setz dich, das Wasser ist warm.

Der Konsul setzte sich in seinen Sessel. Die Sitzende kam mit einer Schüssel warmem Wasser und einem Handtuch über der Schulter. Sie kniete sich nieder und nahm den rechten Fuß in ihre Hände. In dem Augenblick, als der Fuß das Wasser berührte, stieß der Konsul einen Schrei aus und warf seine Schwester mit einer heftigen Bewegung zu Boden. Sie stürzte und wäre fast mit dem Kopf an die Tischkante geschlagen.

– Das Wasser ist kochend heiß! Das hast du mit Absicht getan. Du willst mich bestrafen, weil ich dort war. Zieh dich zurück. Ich will dich nicht mehr sehen. Von jetzt an wird unser Gast mir die Füße massieren.

Er änderte den Ton und fragte mich, ob ich ihm diesen Dienst erweisen wolle.

Die Sitzende blitzte mich an. Ich hatte ein Gefühl des Mitleids ihr gegenüber. Sie war unglücklich, weil verletzt und gedemütigt. Dann sagte sie zu mir:

– Mach schon, es ist besser so!

In Wahrheit hatte ich überhaupt keine Lust, diesem kleinen Diktator die Füße zu massieren. Doch wie es ihm abschlagen, ohne eine neue Krise heraufzubeschwören? Ich ging zu ihm und sagte, ohne die Stimme zu erheben:

– Diesmal müssen Sie allein zurechtkommen!

Ich ließ ihn mit den Füßen in der Waschschüssel allein und folgte der Sitzenden in die Küche. Ich hatte den Grund für seinen Zorn verstanden, wollte jedoch mehr wissen:

– Du willst alles wissen!

– Ja, antwortete ich.

– Es ist alles meine Schuld. Ich habe ihm nie etwas abgeschlagen. Ich beugte mich all seinen Launen. Seit du da bist, möchte er ohne mich auskommen ... er möchte, daß du meinen Platz einnimmst ... Ich bin dir nicht böse. Aber du mußt wissen, daß er unberechenbar ist. Es ist besser, ihn nicht zu lieben, zwischen ihn und den Rest der Welt einen schützenden Schleier zu hängen.

Sie nahm einen Stuhl und begann mit leiser Stimme zu sprechen:

– Anfangs war es nur einmal im Monat, dann zweimal und dreimal. Er zwang mich, ihn zu begleiten. Ich beschrieb ihm die Frauen. Natürlich war es mir sehr peinlich. Wir traten durch eine Hintertür ein. Im Prinzip sah uns niemand. Die Besitzerin war verständnisvoll. Sie brachte uns in ein Zimmer und führte die Mädchen vor. Meine Rolle bestand darin, präzise Fragen zu beantworten, wie etwa: Farbe der Haut,

Farbe der Augen, hat sie Goldzähne – er verabscheut Goldzähne –, Brustumfang, Taillenweite usw. Und ich kam meiner Pflicht nach. Dann wartete ich auf der Straße. Das war der unangenehmste Augenblick. Darauf zu warten, daß der Konsul sein Bedürfnis befriedige. Manchmal dauerte es lange. Ich dachte an ihn, ich dachte an mein Leben. Ich hatte etwas Bitteres im Mund. Die ganze Bitterkeit der Welt war in meinem Speichel enthalten. Ich sagte mir: »Hoffentlich wird er befriedigt.« Danach herrschte bemerkenswerte Ruhe und Sanftmut im Haus. Er wurde heiter, aufmerksam und liebevoll. Ich segnete die Frau, die ihn besänftigt hatte. Ich dachte daran, eines Tages eine Ehefrau für ihn zu finden. Er lehnte ab. Ich begriff, daß seine Lust in diesem Gang mit mir zu jenem verbotenen Ort lag. Ich begriff, daß die Blinden konkrete Situationen erleben müssen, um ihre Phantasie zu nähren, denn Bilder existieren für sie nicht, jedenfalls nicht wie bei uns. Mit der Zeit fand ich Vergnügen daran, ihn zu begleiten und mit ihm die Frau auszuwählen, die ihm Freude bereiten würde. Aber seit du da bist, geht er zu den Mädchen, ohne es mir zu sagen. Ich verstehe: er will sich befreien, er will nicht mehr, daß ich das Auge seiner Begierde bin. Es konnte nicht so bleiben. In Wirklichkeit war ich das Auge der Sünde. Und außerdem dürften derartige Situationen zwischen Bruder und Schwester nicht existieren ... Aber es gibt so viele Dinge zwischen uns, die nicht existieren dürften ... Als er klein war, wusch ich ihn. Ich seifte ihn ein; ich schrubbte ihn; ich spülte ihn ab; ich trocknete ihn ab. Er war wie eine Puppe in meinen Händen. Er fand ein offenkundiges Vergnügen daran, bis zu dem Tag, an dem diesem Vergnügen – wie soll ich es dir sagen? – ein Begehren vorausging. Er kam und legte seinen Kopf auf meine Brust, er preßte sich an mich. Sein Gesicht wurde rot, und seine offenen Augen waren die eines verlorenen, durch die Wüste irrenden Mannes. Er sagte zu mir: »Ich möchte, daß du mich wäschst ...« Er war kein Kind mehr. Er blieb eine lange Weile allein im Waschraum. Danach reinigte ich den Fußboden. Ich weiß nicht, ob er urinierte oder etwas anderes tat, aber überall war Schmutz, wie im Hammam am späten Vormittag, wenn die Männer dagewesen sind. Ich sagte nichts. Ich sagte nie etwas. Für sein Glück hätte ich alles getan. Sogar heute noch würde ich Gemeinheiten begehen, um ihn zu behalten. Aber du bist gekommen. Du bist unsere Retterin, ein Engel, der schon über alles im Bilde ist. Du wirst uns verfluchen oder uns retten. Ein Würgeengel, der in dieses Spinnennetz Ordnung bringen wird. Oder du wirst dich aus einer Vertrauten in eine Komplizin verwandeln. Wer besitzt, der hat nichts. Ich habe nur Illusionen. Ich besitze nichts. Ich bin seine Sklavin. Mir fehlen nur noch die Narben auf den Wangen, sonst wäre ich eine völlig ergebene Negerin, ihm geschenkt fürs Leben, bis in den Tod. So, jetzt weißt du viel über uns. Es wird dir schwerfallen, dich dieser Hölle zu entziehen. Hölle oder Paradies ... die Entscheidung liegt bei dir. Wir sind Leute der Nacht: der Konsul trägt sie für immer in seinen Augen; ich suche sie bis zur Besessenheit; und was dich betrifft, so mußt du in einer Nacht geboren sein, in der der Mond unsicher war, einer Nacht, in der die Sterne im Bereich aller Hoffnungen lagen, vielleicht wurdest du in jener schrecklichen Nacht geboren, in der die Schicksale besiegelt werden, in der jeder Moslem den Schauder des Todes durch seinen Körper laufen spürt? Als ich dich übrigens den Hammam betreten sah, von Kälte und Panik gepackt, da las ich sofort in deinen Augen, daß du uns von der letzten Nacht des Schicksals gesandt worden warst: ohne Eltern, ohne Familie, ohne Freunde. Bestimmt gehörst du zu jenen außergewöhnlichen Wesen, die der absoluten Einsamkeit entsprungen sind. Das sieht man. Ich kann sagen, daß ich dich erwartete. In der berühmten siebenundzwanzigsten Nacht des Ramadan hatte ich eine sehr deutliche Vision, die mir das Herz zusammenschnürte. Auch ich, selbst wenn ich keine gute Moslemin bin, habe gespürt, wie der leichte Schauder des Todes meinen Körper von oben bis unten durchlief. Und ich sah, wie eine Silhouette sich über das Bett des Konsuls beugte und ihn auf die Stirn küßte. Ich glaubte, es wäre der Tod, der ihn so berührte. Ich bin in sein Zimmer gerannt und fand ihn in Tränen aufgelöst wie ein kleines Kind. Er weinte und wußte nicht, warum. Zum erstenmal in unserem gemeinsamen Leben sprach er von unserer Mutter. Er war überzeugt, daß sie lebte und uns bald besuchen würde. Ich habe ihn in meine Arme genommen, ich habe ihn gewiegt wie ein Baby, ich habe ihm die Brust gegeben. Er ist wieder eingeschlafen, ohne die Lippen von meiner Brust zu lösen.

Das Zimmer des Konsuls

Somit war mein Schicksal besiegelt, und ich war ein wesentlicher Bestandteil dieses wenig alltäglichen Paares geworden. Die Arbeit und das Vergessen gingen ohne mein Wissen vonstatten, und ich richtete mich mehr und mehr in der Geschichte der Sitzenden und des Konsuls ein.

Am Vortag eines Festes, ich erinnere mich nicht mehr welchen, kaufte der Konsul zwei lebende Hühner und brachte sie ins Haus mit. Die Abwesenheit seiner Schwester nutzend, beschloß er, sie eigenhändig zu schlachten. Alles, was das Gebrechen des Konsuls in Erinnerung rufen oder andeuten konnte, wurde sorgsam vermieden. Als ich ihn auf der Terrasse sah, in der einen Hand eines der Hühner und in der anderen ein Rasiermesser, bekam ich Angst. Die Klinge des Messers funkelte in der Sonne. Der Konsul war sehr erregt bei dem Gedanken, die Hühner zu köpfen. Ich erbot mich, ihm zu helfen. Er lehnte ab. Er saß in der Hocke, mit seinem Fuß das Huhn an den Flügeln festhaltend, und versuchte mit der linken Hand, die Kehle zu blockieren, während er sie mit der rechten durchschnitt. Das Huhn flatterte zuckend und bespritzte die Wände und Kleider mit Blut. Während es in einer Ecke zappelte, sah ich, wie der Konsul, zufrieden, das gleiche mit dem anderen Huhn tat. Er war schweißgebadet und jubelte fast. Da er das Rasiermesser zu heftig durchzog, schnitt er sich in den Zeigefinger der linken Hand. Überall war Blut. Der Konsul verbarg seinen Finger in einem Taschentuch. Er hatte große Schmerzen, zeigte es aber nicht. Er lachte weniger. Für ihn war es nur ein halber Erfolg. Als ich das Blut auf der Terrasse abwusch, wurde ich vom Weihrauch des Paradieses umhüllt, vom Rauch jener kleinen schwarzen Holzstücke, die man auf Festen abbrennt. Augenblicklich wurde dieser Duft von den Bildern eines Festes begleitet, auf dem viel Musik gespielt wurde. Ich muß drei oder vier Jahre alt gewesen sein. Ich befand mich in den Armen meines Vaters, der mich, die Beine leicht gespreizt, zu einem Beschneider brachte. Ich sah das Blut wieder, die brutale, aber geschickte Geste meines Vaters, dessen Hand voller Blut war. Auch ich hatte Blutflecken auf meinen Schenkeln und meinem weißen Serual.

Es war eine blutbefleckte und duftende Erinnerung. Ich lachte kurz auf und dachte dann an die Verrücktheit dieses starrsinnigen, vom Strudel des Unglücks ergriffenen Vaters. Ohne mir dessen bewußt zu sein, legte ich die Hand auf meinen Unterleib, wie um mich zu vergewissern, dann fuhr ich fort, die Terrasse zu säubern.

Der Konsul hatte sich selbst den Finger verbunden. Trotz allem war er sehr stolz auf sich. Ich lachte bei dem Gedanken an die lächerliche Situation, in die sich mein Vater gebracht hatte. Und der Konsul litt schweigend, im Glauben, den Kampf gegen die Blindheit gewonnen zu haben.

Im Haus herrschte bald ein Klima der Angst, bald der Komplizenschaft. Mehr und mehr geriet ich mitten in ein Drama, das sich schon seit langem abspielte. Ich war die Person, die in diesem Stück fehlte, dessen Bühne das Haus war. Ich war in dem Augenblick aufgetreten, als die Konflikte sich erschöpft hatten, als das Drama sich in eine Farce zu verwandeln drohte, als sich Blut unter das Lachen hätte mischen können, als die Gefühle durch das Durcheinander, die Unordnung und die Perversion hätten zerstört werden können. Ich war schon so weit, an den Verwandtschaftsbanden zu zweifeln, die die Sitzende und der Konsul zur Schau trugen, Theatergeschwister, Schatten, die einer alten, von den Auswürfen einer geschundenen Seele geschwärzten Nacht entsprungen waren. Vielleicht wäre ja alles nur Spiel und das Leben ein Beiwerk, ein folkloristisches Element darin. Die Sitzende wäre eine berufsmäßige Kupplerin, der Konsul ein als Blinder verkleideter Perverser und ich die ideale Beute für eine imaginäre Jagd in einem Gehege hoch auf einer Klippe!... Ich sagte mir, daß ich zu lange in Lug und Trug gelebt hatte, um nicht zu merken, daß ich in einer befremdlichen, vielleicht sogar schmutzigen Sache steckte. Daher beschloß ich, meine Wachsamkeit zu verdoppeln, die für einen ehrenhaften Abgang oder eine plötzliche Flucht nötigen Spielkarten in der Hand zu behalten. Es galt, den Zustand der Örtlichkeiten und Personen zu überprüfen.

Wenn ich das Zimmer des Konsuls saubermachte, gewöhnte ich mir an, die Dinge genau zu betrachten und diskret die im Schrank liegenden Sachen zu durchstöbern. Ich hatte dieses Möbel noch nie geöffnet. Auf der einen Seite enthielt es sorgsam gefaltete Kleidungsstücke, auf der anderen eine Reihe von Schubladen, die mit allerlei Dingen angefüllt waren: in der obersten Schublade mehrere Schlüsselbunde, von denen die meisten verrostet waren: alte Schlüssel, zerbrochene Schlüssel, von einer fettigen Staubschicht geschwärzte Türriegel, Nägel in allen Formen und Größen.

Behutsam schob ich die Schublade zu und zog auf gut Glück eine andere auf. In dieser lagen an die zwanzig Uhren, die zwar alle gingen, aber jeweils eine andere Zeit angaben. Es war eine kleine Zeitfabrik, deren Logik mir fremd blieb. Einige Uhren waren aus Gold, andere aus Silber.

In einer weiteren Schublade lagen alle möglichen Brillen und Monokel, Sonnenbrillen, Sehbrillen, Brillen ohne Gläser oder mit nur einem Glas. Im hinteren Teil befand sich ein verschnürter Packen Blätter. Es waren Rezepte von Augenärzten, Optikerrechnungen, Werbebroschüren über besseres Sehen. Sie trugen alle weit zurückliegende Daten.

Ich stöberte weiter und versuchte, zwischen dem Inhalt der verschiedenen Schubladen einen Zusammenhang herzustellen. Ich öffnete eine weitere. Sie war mit besticktem Stoff ausgelegt. Mehrere offene Rasiermesser waren sorgfältig darauf verteilt; ihre Klingen funkelten. In einem Fläschchen schwamm ein Hammelauge in einer gelblichen Flüssigkeit. Das Auge sah mich an. Man hätte meinen können, es sei lebendig und dazu da, die Rasiermesser zu überwachen. Ich hatte einen Anflug von Übelkeit und schloß leise die Schublade.

Was ich danach entdecken sollte, ließ mich erstarren: in der untersten Schublade befand sich gar nichts. Als ich sie wieder schließen wollte, fiel mir auf, daß sie weniger tief war als die anderen. Ich zog sie ganz heraus, klappte eine Zwischenwand herunter und erblickte einen blank geputzten Revolver in vollkommen gebrauchsfertigem Zustand. Er war leer. Drei Magazine mit Kugeln waren aufeinandergestapelt.

Warum bewahrte er diese Waffe auf? Was er sammelte, weckte zwar meine Neugier, beunruhigte mich jedoch nicht. Aber dieser nagelneue Revolver machte mir Angst. War er für einen Mord oder eine Selbsttötung gedacht? Ich setzte mich auf die Bettkante und suchte nach der Bedeutung all dieser angehäuften Gegenstände. Mir gegenüber die Schreibmaschine, ein Stapel leerer Blätter, ein Aktenordner mit getippten Seiten. Ich stand auf und schlug den Aktenordner langsam auf. Ich blätterte und las auf gut Glück. Es war ein Tagebuch, aber auch eine Erzählung, Berechnungen, Collagen, chaotische Zeichnungen.

Auf einer Seite folgende rot unterstrichene Bemerkung: »Wie über den Tod hinausgehen? Manche haben dafür Statuen errichtet. Es gibt sehr schöne. Es gibt auch schreckliche. Ich kenne sie besser als jene, die sie betrachten. Ich berühre sie. Ich streichle sie. Ich messe ihren Umfang und ihre Reglosigkeit. Das ist nicht die Lösung. Ich werde der Nachwelt weder eine Statue noch einen Straßennamen vorschlagen, sondern eine Geste, die von den einen für absurd, von den anderen für erhaben erklärt werden wird, für ketzerisch von den guten Moslems, für heroisch von denen, die mit dem Tod vertraut sind und die Friedhöfe in Brand stecken. Diese Geste wird den Tod überraschen; sie wird ihm zuvorkommen, ihn bezwingen und in einen Strohballen packen, an den unschuldige Hände Feuer legen, Kinderhände, die in dem unerträglichen Licht, das diese Geste hinterlassen wird, erstarren werden ...«

In diesem Augenblick hörte ich Schritte auf der Gasse. Es war der Konsul, der nach Hause kam. Ich räumte schnell auf und putzte weiter. Der Konsul kam mit einem großen Blumenstrauß und reichte ihn mir:

– Das ist für Sie. Ich habe die Blumen selbst ausgesucht, eine nach der anderen. Bei uns schenkt man sich selten Blumen. Aber Ihre Geduld und Ihre Anwesenheit verdienen Blumen.

Er setzte sich in den Sessel. Als ich hinausgehen wollte, um das Wasser für seine Füße heißzumachen, sagte er:

– Wohin gehen Sie? Ich will nicht mehr, daß Sie sich um mich kümmern wie eine Putzfrau. Keine Waschschüssel mehr, keine Fußmassage mehr. Damit ist Schluß. Sie verdienen weit Besseres. Mir liegt dagegen daran, Sie bei meinen Betrachtungen als Partnerin zu haben. Ich möchte Sie in meiner Nähe wissen, wenn ich lese oder schreibe. Ich muß Ihnen gestehen, daß ich wieder zu schreiben begonnen habe, seit Sie in diesem Haus sind. Wissen Sie, ich bin kein einfacher Mann. Ich versuche, aus der Blindheit einen Trumpf zu machen, und fasse sie nicht als Gebrechen auf. Deswegen bin ich manchmal ungerecht. Ich tue Dinge, bei denen ich Risiken eingehe. Sie fragen sich bestimmt, was ich schreibe. Eines Tages werde ich Ihnen ein paar Seiten zu lesen geben. Meine Welt ist zum großen Teil eine innere. Ich bevölkere sie mit meinen eigenen Schöpfungen; ich bin gezwungen, auf das zurückzugreifen, was sich in meiner Dunkelkammer befindet. Würde ich Ihnen alles sagen, was sie enthält, dann wären sie sehr erstaunt und sogar verlegen. Es ist mein Geheimnis. Niemand hat Zugang zu ihm, nicht einmal meine Schwester. Ich selbst habe manchmal Angst vor dem, was ich darüber weiß. Ich tilge von meiner Leinwand die Gegenstände, die zu mir kommen und mich bedrängen. Ich bin von Gegenständen umringt. Einige davon kann ich beherrschen, andere dagegen sind unbezähmbar. Versuchen Sie beispielsweise einmal, ein Rasiermesser oder eine Schere zu beherrschen, die vorwärtsgehen und alles auf ihrem Weg zerschneiden. Daher nehme ich mich vor ihnen in acht. Ich muß Ihnen gestehen, daß ich eine Heidenangst vor allem Schneidenden habe. Vielleicht wollte ich deswegen neulich unbedingt die Hühner selber schlachten. Ich habe mich geschnitten, aber das ist nicht schlimm. Stellen Sie sich vor, das Messer wäre meinen Händen entglitten, bestimmt hätte es mir die Nase oder alle fünf Finger abgeschnitten. Aber ich will Sie nicht mit meinen Ängsten erschrecken. Das ist zu dumm! Ich beneide Sie. Gern wäre ich an Ihrer Stelle. Sie sind Beobachterin, Zeugin und bisweilen Schauspielerin. Es ist ein Glück für uns, daß sie eingeladen sind, am Leben eines Hauses teilzunehmen, ohne die Vergangenheit, die uns gemacht hat, kennen oder gar auf sich nehmen zu müssen. Deshalb versuche ich auch nicht, Ihre Vergangenheit zu erforschen. Ich vertraue einzig meiner Intuition und meinen Gefühlen. Und jetzt stellen Sie die Blumen in eine Vase.

Ich dankte ihm und entfernte mich, während seine Hand versuchte, seine Stirn zu massieren, um eine Migräne zu verscheuchen. Wenn er Kopfschmerzen hatte, wurde er sehr gebrechlich und verlor alle seine Anhaltspunkte. Dann spürte er seine Behinderung. In dem Augenblick, als ich nach einer Stelle suchte, wo ich die Vase hinstellen konnte, schrie er auf und gestikulierte heftig, wie um Hilfe zu rufen. Ich eilte herbei, er war in Panik wegen des starken Schmerzes und der Tatsache, daß er seine Beruhigungsmittel nicht mehr fand, obwohl sie direkt hinter ihm lagen, in Reichweite.

– Dieser Schmerz nimmt mir den Atem, ein Hammer, der einen Marmorblock zertrümmert. Bei jedem Schlag zucke ich zusammen...

Ich gab ihm seine Beruhigungsmittel mit einem Glas Wasser und legte meine kalte Hand auf seine Stirn. Zuerst konnte er meine Anwesenheit nicht ertragen, aber dann, als ich sie massierte, fühlte er sich besser.

– Machen Sie weiter, Sie tun mir wohl, Ihre Hände sind voller Güte. Ich bin mit der Migräne zur Welt gekommen, sie verfolgt mich, sie ist mein größtes Gebrechen …

Ich servierte ihm einen Kaffee und half ihm ins Bett, nicht um zu schlafen, sondern um sich von den Nachwehen des Anfalls zu erholen. Er hielt mich zurück, indem er meine Hand nahm. Ich zog sie nicht zurück. Ich fand es natürlich, meine Hand in der seinen zu lassen. Ich spürte seinen warmen Körper. So verharrten wir einen großen Teil des Nachmittags. Als ich das Geräusch des Schlüssels im Schloß hörte, stand ich auf und öffnete die Tür. Ich hatte den Riegel vorgeschoben. Die Sitzende tat erstaunt. Sie fragte mich, weshalb ich mich eingeschlossen hätte. Ich antwortete: »Aus Versehen.« Sie drang nicht weiter in mich. Ich berichtete ihr von dem Migräneanfall. Sie war besorgt. Ich hinderte sie daran, ihn zu wecken. Später am Abend sagte sie zu mir:

– Erinnerst du dich an das letzte Mal, als der Konsul wütend nach Hause kam? Es ist mindestens einen Monat her …

– Vielleicht noch länger. Aber ich sehe nicht, was das mit dem heutigen Anfall zu tun hat.

– Ja, du hast recht, du kannst es nicht wissen. Aber ich sehe einen Zusammenhang zwischen der Enthaltsamkeit und den Kopfschmerzen. Wenn ein Mann dieses trübe Wasser zu lange in sich trägt, steigt es ihm in den Kopf und verursacht Schmerzen, weil nicht der Kopf es braucht … verstehst du?

– Nicht genau. Du meinst, daß sich ein Mann, der nicht periodisch sein Sperma verspritzt, eine Migräne zuzieht? Und die Frauen? Ziehen die sich nichts zu?

– Doch, sie werden jähzornig, sie schreien wegen nichts. Aber ich habe mich daran gewöhnt. Ich schreie nicht einmal mehr.

Ich fing an leise zu lachen. Die Sitzende lächelte ein wenig und brach dann in ein ungeheures Gelächter aus. Sie versuchte, es zu unterdrücken, indem sie sich die Hand auf den Mund legte.

Ein See schweren Wassers

Die ganze Nacht über kämpfte ich gegen die Strömungen eines schweren, klebrigen Wassers in einem tiefen See, in dem alle möglichen Arten von Tieren und Pflanzen lebten. Diesem toten Wasser, das jedoch vom Hin und Her einiger Ratten aufgewühlt wurde, die mit einer verwundeten Katze spielten, entstieg ein stickiger Geruch, ein dichter und undefinierbarer Geruch.

Es war da etwas Stehendes und zugleich Bewegliches. Ich hatte die Möglichkeit, alles zu sehen. Ich war in einen gläsernen Käfig eingesperrt, und eine Hand ließ mich bis auf den Grund hinunter und zog mich wieder hoch, wie es ihr gefiel. Ich erstickte, aber meine Schreie drangen nicht aus dem Käfig. Ich erkannte den Körper von Fatima, der unglücklichen epileptischen Kusine, die ich geheiratet hatte, um den Schein zu wahren, und die ich liebte, weil sie eine klaffende Wunde war, auf die sich keinerlei Zuneigung legte. Ihr Gesicht war heiter und ihr Körper unversehrt. Sie lag auf dem Grund dieses Sees wie ein alter Gegenstand, den keiner haben will. Seltsamerweise verschonten sie die Ratten. Ich erblickte sie und stieß einen so heftigen Schrei aus, daß ich aufwachte, verstört, in Schweiß gebadet.

Einen Alptraum wie diesen hatte ich nicht zum erstenmal. Doch jedesmal erschien mir ein Gesicht aus meiner Vergangenheit. Absolutes Vergessen ist unmöglich. Wie es anstellen, sich nicht mehr schuldig zu fühlen, nicht mehr von Ratten und Spinnen verfolgt zu werden?

Ich dachte an die Geschichte des trüben Wassers, das in den Kopf steigt, und begann zu lachen. Auf jeden Fall mußte ich einen Tribut zahlen, hier oder anderswo. Das stand fest. Um den Vorgang des Vergessens zu beschleunigen, zog ich die Gesetze und Befehle des Schicksals nicht in Zweifel.

So erwachte ich aus einem schweren Alptraum und so löste sich der Konsul aus dem Schmerz, der seinen Kopf marterte. Wir beide standen dieselbe Prüfung durch; was uns in Erinnerung rief, daß der Fluch auf uns lag. Das befreite uns. Wir fühlten uns freier, weil dazu verurteilt, eines schönen Tages von den Phantomen unserer Vergangenheit eingeholt zu werden.

An diesem Morgen beschloß ich, während mein Körper matt war, einen Schritt weiterzugehen, um dem Konsul noch näher zu kommen. Als er das Haus verließ, um in seine Schule zu gehen, bat ich ihn, nicht zu spät heimzukommen. Er war überrascht und sagte:

– Genau wie meine Schwester! Um Ihnen eine Freude zu machen, werde ich früh nach Hause kommen. Ich werde weder ins Kaffeehaus noch zu meinem Freund, dem Barbier, gehen.

Ich wollte ihn zu den Frauen begleiten. Die Sitzende würde es nicht erfahren. Er würde mich führen. Diese ungereimte Idee, deren Kühnheit ich jedoch mochte, gefiel mir. Ich war neugierig. Ich spürte, daß mein Körper leicht wurde, fern und für immer von der Last des schweren Wassers dieser Nacht verschont. Bei diesem Gefühl der Fröhlichkeit bekam ich eine Gänsehaut. Während ich putzte, sprang ich wie eine Verrückte im Haus herum. Dann verweilte ich lange im Waschraum. Ich wusch mich und parfümierte mich, als ob ich zu einer Hochzeit ginge.

Der Konsul kam gegen fünf Uhr zurück. Er brachte einen Bund Minze und Gebäck mit. Ich sagte ihm, daß wir das für später aufheben wollten und daß die Sitzende mich beauftragt habe, ihn zu den Frauen zu begleiten. Überrascht hielt er inne und verschluckte sich. Dann, nachdem er ein Glas Wasser getrunken hatte, fragte er, ob seine Schwester mich wirklich mit einer solchen Mission betraut habe. Er konnte es nicht glauben.

– Das ist mir sehr peinlich. Es ist eine Sache zwischen meiner Schwester und mir. Es ist nicht möglich.

Während er sprach, sah ich, wie sein Gesicht aufblühte bei dem Gedanken, zu den Frauen zu gehen.

– Sie würden mich also wirklich begleiten? Es stört Sie nicht?

– Nein! Überhaupt nicht. Ich bin neugierig. Sie geben mir Gelegenheit, einen Ort zu betreten, in den ich nie den Fuß gesetzt hätte. Mit Ihnen habe ich einen Vorwand.

– Wenn Sie es so auffassen, brauche ich Ihnen nur noch zu folgen.

Und nach einer kurzen Pause:

– Nein, Sie werden mir folgen.

– Und wenn ich Ihren Arm nehme, dann sagen Sie mir, wo man abbiegen muß.

Zum erstenmal ging ich mit einem Mann am Arm durch die Straße. Anscheinend bildeten wir ein ganz normales Paar. Ein Mann und eine Frau, die auf der Straße gehen. Das ist nicht ungewöhnlich. Wäre uns vielleicht ein böswilliges Auge gefolgt und hätte es gewußt, welche Richtung wir einschlugen, dann hätte es uns verhext und bis ans Ende der Zeiten verflucht. Dieses Auge war da, hinter einer halb geöffneten Tür.

Eine Frau schaute heraus, ohne gesehen zu werden. Als ich an ihr vorbeikam, durchfuhr es mich wie ein Pfeil, und ich erschauerte. Eine Woge des Unglücks war geschleudert worden. Mein Körper hatte sie aufgefangen wie ein Zeichen, eine Vorahnung. Ich zog es vor, es in den Wind zu schlagen, und setzte meinen Weg fort. Wir gelangten zu dem berüchtigten Haus. Es war nicht zu verkennen. Der Konsul sagte mir, ich solle nicht stehenbleiben. Ich folgte ihm. Er zog mich in eine dunkle Gasse, und wir betraten durch eine niedrige Tür einen Flur ohne Licht. Endlich waren wir einmal gleichgestellt, von derselben Finsternis umgeben.

– Haben Sie keine Angst. Es kommt eine Stufe.

Ich drückte seinen Arm, daß es ihm wehtun mußte. Wir stiegen die Treppe hinauf und standen vor einer verschlossenen Tür. Der Konsul klopfte zweimal, dann ein drittes Mal.

Eine Frau, die Besitzerin, öffnete uns, hieß den Konsul willkommen:

– Wir haben Sie lange nicht mehr gesehen! Sie haben jetzt eine neue Begleiterin?

– Machen Sie uns bitte Tee, nicht zu süß.

Sie brachte uns in ein schäbiges Zimmer, in dem sich ein nicht sehr sauberes Waschbecken befand. Der Hahn tropfte. Ein alter Schrank roch nach Mottenpulver. Ich setzte mich auf einen Stuhl. Der Konsul machte es sich bequem und legte sich auf das Bett. Er zog eine bereits mit Kif gestopfte Pfeife aus seiner Tasche und zündete sie an. Wir schwiegen und warteten auf den Tee. Ich hielt die Augen offen, um alles zu sehen. Ich war ungeduldig. Ein kleines Mädchen, kaum zehn Jahre alt, brachte ein Tablett mit einer Teekanne und Gläsern und verschwand wieder, wortlos. Wir tranken gerade den – zu süßen – Tee, als die Besitzerin hereinkam, gefolgt von zwei Frauen im Alter von zweiundzwanzig bis fünfundzwanzig Jahren. Sie waren weder schön noch häßlich, jedoch offenkundig nicht darauf erpicht, bei dem Konsul zu bleiben. Die Besitzerin bat mich, sie zu beschreiben:

– Die eine ist braun, auf Stirn und Kinn tätowiert. Ihre geölten Haare sind in einem grellbunten Schal zusammengerafft. Ihr Busen ist dick, aber er hängt. Sie hat einen Bauch; die Hinterbacken sind fest, die Beine behaart; sie kaut Kaugummi. Alles in allem ist sie weder schön noch häßlich. Sie verrichtet ihre Arbeit freudlos. Die andere ist dünn. Sie hat schöne Brüste, eine schlanke Taille, aber einen riesigen Hintern. Ihre Haare sind schwarz und ihre Augen hell. Sie kaut keinen Kaugummi; aber sie hat einen Tick: sie spuckt dauernd aus. Die Wahl steht bei Ihnen.

Die Besitzerin, die hinausgegangen war, kam zurück:

– Welche soll bleiben?

Der Konsul antwortete von seinem Bett aus:

– Keine.

Als alle drei das Zimmer verließen, streckte der Konsul mir seine Hand hin, in der sich Geld befand.

– Ich habe ganz vergessen, Ihnen Geld zu geben, um sie zu bezahlen.

Es war eine nicht unerhebliche Summe. Wir warteten eine Weile, dann sah ich eine schöne junge Frau eintreten, verängstigt, als wäre sie hinter der Tür von der Besitzerin hereingestoßen worden. Sie sah uns stumpfsinnig an und wußte nicht, was dieser Mann und diese Frau von ihr erwarteten. Mir fiel auf, daß sie zitterte; sie mußte neu in dem Gewerbe sein. Die Besitzerin erschien abermals, offensichtlich zufrieden mit ihrer Wahl. Sie streckte die Hand aus, ich gab ihr das Geld. Sie wollte schon gehen, als ich begann, die fast blonde junge Frau, die große und feste Brüste hatte, zu beschreiben:

– Sie ist sehr dünn, braun und hat winzige Brüste, eine schmale Taille, kurzes Haar, einen ausgewogenen Hintern, fleischige Lippen. Sie kaut keinen Kaugummi. Sie hat Lust auf Sie.

Mit einer Handbewegung schickte ich die Besitzerin und die junge Frau hinaus und wartete auf die Antwort des Konsuls:

– Sie sagen, daß sie kleine Brüste und einen ausgewogenen Hintern hat? Dann will ich sie, ich erwarte sie.

Ich hatte bereits meine Djellaba und mein Kleid ausgezogen. Behutsam näherte ich mich dem Bett und knöpfte den Serual des Konsuls auf. Ich ließ das schwache Licht brennen und setzte mich rittlings auf sein Becken. Langsam ließ ich ihn in mich eindringen, indem ich meine Hände auf seine Schultern legte, um zu verhindern, daß er seine Lage änderte. Er kam sehr schnell zum Genuß. Ich blieb auf ihm, reglos, und wartete, daß er seine Kraft wiederfand. Die neuerliche Erektion erfolgte kurz darauf, und es war wunderbar. Mein absoluter Mangel an Erfahrung wurde wettgemacht durch das Fehlen von Scham oder Verlegenheit. Instinktiv leitete die Begierde meinen Körper und diktierte ihm die richtigen Bewegungen. Ich war verrückt geworden. Ich entdeckte die Lust zum erstenmal in meinem Leben in einem

Bordell mit einem Blinden! Ich war unersättlich. Alles geschah im Schweigen. Ich hielt mein Röcheln zurück. Er durfte den Schwindel nicht durchschauen. Als er einnickte, zog ich mich schnell an und klopfte an die Tür.

– Warten Sie, ich ziehe mich an.

Er stand auf und nahm sich Zeit. Ich kauerte in einer Ecke. Ich wußte, daß er sich nichts vormachte, aber ich zog es vor, über das, was an diesem Nachmittag geschehen war, den Schleier des Zweifels zu breiten. Eine Komplizenschaft verband unsere Körper im Schweigen und im Geheimnis. Vor allem durfte man nicht sprechen, in die Worte keine offenkundige Lüge einfließen lassen, die in Wahrheit eine unsagbare Wahrheit war.

In dieser Nacht habe ich, sobald ich die Augen schloß, den See schweren Wassers wiedergefunden. Es war kein Käfig mehr da. Ich tauchte von allein in ihn ein und stieg mühelos wieder empor. Die Umgebung war annähernd dieselbe wie in der Nacht zuvor. Es war ein verlassener öffentlicher Garten mit seinem roten Gras und seinen nackten Bäumen. Am Ast eines riesigen Feigenbaums hing eine Schaukel. Sie war kaputt und hing herab wie ein alter Gegenstand. Ohne mir dessen bewußt zu sein, legte ich die Hand auf meine Stirn und tastete nach einer Narbe. Sie war unter den Haaren verborgen. Ich kam mit meinem Vater in diesen öffentlichen Garten. Als Junge gekleidet neckte ich die um diese Schaukel herumstehenden kleinen Mädchen, bis zu dem Tag, als der Bruder eines dieser Mädchen mich zu Boden warf. Mein Gesicht blutete, ich weinte. Der Bruder, der älter war als ich, sagte mir, ehe er wegrannte: »Wärst du ein Mädchen gewesen, dann hätte ich was anderes mit dir gemacht!« Mein Vater eilte verstört herbei und brachte mich ins Krankenhaus. Ich hatte diese Erinnerung völlig vergessen und wußte nicht mehr, woher die Narbe rührte.

Mein Traum endete mit der Ankunft eines heftigen Sturms, der das flechtenschwere welke Laub aufwirbelte und die berüchtigte Schaukel, die zu nichts mehr nütze war und deren trostlose Anwesenheit ferne Erinnerungen beschwor, zu anderen Orten trug.

Am Morgen hatte ich weder den Mut noch die Kraft, vor dem Konsul zu erscheinen. Ich hatte seinen Geruch und seinen Schweiß in mir bewahrt. Er war es, der an meine Tür klopfte und mir seine zarte Freundschaft bewies, indem er mir ein Glas mit eigenhändig zubereitetem Orangensaft brachte. Ich errötete und spürte eine Hitzewelle in mir aufsteigen, die mich linkisch machte. Er setzte sich auf die Bettkante, zog ein besticktes Taschentuch heraus und reichte es mir. Unsere Finger berührten sich. Ich dankte ihm. Er sagte nichts. Tief in mir spürte ich gleich einer offenkundigen und natürlichen Wahrheit, daß dieser Mann eine eigentümliche Kraft besaß, eine Art Gnade, die sich nicht hatte offenbaren können aufgrund der brutalen Herrschaft, die seine Schwester auf ihn ausübte und mit der er sein Spiel trieb, um das große Drama zu vermeiden.

Er brauchte nicht zu sprechen. Sein Blick, der sich auf nichts heftete, verwirrte mich. Er war zuweilen von beunruhigender Sanftmut, etwas, das der reinen Tierhaftigkeit zu entspringen schien. Stille Vertrautheit hatte dieses an Einsamkeit gewöhnte Zimmer erfüllt. Wir hörten den Lärm der Passanten und wagten kein Wort zu sagen. Behutsam näherte ich meine Hand der seinen, zog sie dann zurück. Ich hatte Angst, etwas Zartes zu zerbrechen, das ich weder benennen noch vergessen konnte. Es kam mir vor, als hätten wir uns freiwillig in einer Krypta eingeschlossen und seien selber ein zu hütendes Geheimnis. Es gibt intensive Augenblicke, in denen schon eine Gegenwart genügt und man nicht weiß, weshalb etwas Gewaltiges und manchmal Entscheidendes geschieht. Man kann es nicht benennen. Nur die Erregung verrät es aus unerklärlichen Gründen, und man ist überglücklich wie ein Kind, das die Freude in eine zauberische Welt entrückt. Ich für meinen Teil dachte nicht, eines Tages diesen Zustand zu erreichen, in dem der Körper und die Gefühle schweben und mich zu luftigen Gefilden tragen. Ein Wind, der von hohen Bergen kam, strich über meine Gedanken. Nichts mehr war verworren. Ich war in Frieden mit mir selbst, und eben dies war mir vielleicht noch niemals widerfahren.

Der Konsul erhob sich. Am liebsten hätte ich ihn zurückgehalten, ihn bei mir behalten, ihn berührt, die Lippen auf seinen Nacken gedrückt und mich in seine Arme geschmiegt. Ich regte mich nicht, aus Angst, alles zu verderben. Er verließ das Zimmer, ohne ein Wort zu sagen. In diesen Augenblikken des Schweigens, die ich in seiner Gegenwart verbrachte, hatte ich an nichts gedacht. Ich wollte mir weder die Reaktion der Sitzenden vorstellen noch die neue Atmosphäre, die im Haus herrschen würde. Es war noch zu früh.

Die Sitzende schlief. Der Konsul war hinausgegangen. An diesem Morgen wußte ich nicht, was ich tun sollte. Ich drehte mich im Kreis. Ich beschloß, das Zimmer nicht zu verlassen.

Die Komödie des Bordells

Wir spielten uns die Komödie des Bordells eine Zeitlang vor, mehr aus Spaß an der Inszenierung im Schweigen und im Geheimnis denn aus Furcht, den Argwohn der Sitzenden zu erregen. Innerhalb weniger Tage waren ihre Rolle und ihr Platz im Haus geschrumpft. Sie reagierte nicht, aber mir war klar, daß sie sich nicht völlig von der Bühne würde verdrängen lassen. In jener Zeit hatte sie viel Arbeit. Außer mit dem Hammam war sie damit beschäftigt, Ehen zu stiften.

Eines Abends, als sie spät nach Hause gekommen war, sagte sie zu mir, als hätte ich sie um einen Gefallen oder um eine Auskunft gebeten:

– Es ist soweit! Ich habe, was du brauchst.

– Worum geht es?

– Tu nicht so unschuldig, es geht um das, woran du dauernd denkst und was dir schlaflose Nächte bereitet.

– So vieles bereitet mir schlaflose Nächte...

– Ja, aber das da, das kratzt dich, es ist wie ein Wurm, der unter der Haut krabbelt und den man nicht erwischt, um sich ein für allemal zu kratzen. Es juckt...

Natürlich hatte ich verstanden, aber ich wollte ihre Vulgarität provozieren, sie aus der Fassung bringen. Zumal der Konsul nicht ahnen konnte, daß seine Schwester eine fast schamlose Heiratsvermittlerin geworden war. Ich bohrte weiter:

– Na schön, da du dich über mich lustig machst, will ich dein Spiel aufdecken. Ich habe einen Mann für dich gefunden, er ist Witwer, aber noch sehr rüstig. Sein Werkzeug ist beeindruckend. Er sucht eine Waise, eine ungebundene Frau, eine Frau, die allein ist auf der Welt... Das trifft doch etwa auf dich zu, oder?

Der Konsul hörte diesem Wortwechsel zu, ohne eine Reaktion zu zeigen.

– Ich bin nicht zu verheiraten. Ich habe dich um nichts gebeten.

– Das stimmt, du hast mich um nichts gebeten. Aber in diesem Haus bestimme ich, wer heiratet und wer ledig bleibt.

Sie hatte die Stimme erhoben und war mit einemmal autoritär und unverträglich geworden; das Gesicht des Bruders war verkrampft. Sie stürzte sich auf mich, zerrte mich in die Küche und schloß mich darin ein. Sie war mitten in einer Krise und versuchte, den Konsul gegen mich aufzuhetzen. Ich hatte wirklich Angst, weil sie etwas über meine Vergangenheit wußte. Irgendjemand mußte mit ihr gesprochen haben. Sie senkte die Stimme, als sie sich an ihren Bruder wandte. Ich legte mein Ohr an die Tür und konnte ein paar Sätze aufschnappen:

– Sie ist eine Usurpatorin, eine Lüge, eine Gefahr. Sie hat uns belogen. Ich habe Beweise. Sie ist stärker, als du glaubst. Diese Frau schleppt ein Leben mit sich herum, in dem sie alle Welt getäuscht hat. Anscheinend hat sie ihre Eltern umgebracht. Ihre Mutter ist im Wahnsinn gestorben, und ihr Vater hatte nicht die Zeit, krank zu werden. Wir beherbergen eine Mörderin in diesem Haus, eine Diebin. Wußtest du, daß sie sich mit dem gesamten Erbe der Familie aus dem Staub gemacht hat? Auf jeden Fall mußt du mir glauben, mein Bruder, mein Leben, Licht meiner Augen ...

– Genug! Ich glaube dir nicht. Du bist eifersüchtig, du bist verrückt. Du hast die Geschichte erfunden, um mich wieder in die Einsamkeit und die Knechtschaft zu stoßen. Das mache ich nicht mit.

Als der Konsul sie zurückstieß und sich anschickte, sich in sein Zimmer einzuschließen, brüllte sie aus Leibeskräften:

– Diese Frau ist ein Mann! Ich habe Beweise, Fotos, Papiere. Sie hat uns übers Ohr gehauen ...

Der Konsul ging mit einem nervösen, irren Lachen hinaus. Die Sitzende schrie weiter, dann hörte ich sie flehen:

– Mein Bruder, das nicht, nein, du machst mir Angst, nein, kein Rasiermesser, du wirst dir wehtun, nein, ich bitte dich... Nein, es ist nicht wahr... Ich habe alles erfunden. Du weißt doch, wie sehr ich dich liebe und wie unglücklich ich bin. Ich nehme alles zurück, was ich gesagt habe.

– Dann mach die Küchentür auf...

– Sofort.

Ich erblickte den Konsul, ein Rasiermesser an der Kehle, drohend, zornig, unbezähmbar. Ich nahm ihn bei der Hand und brachte ihn auf sein Zimmer. Er zitterte und war schweißgebadet. Ich nahm ihm das Rasiermesser aus der Hand und setzte mich neben ihn.

– Meine Augen sind trocken, sagte er zu mir, aber im Innern weine ich bitterlich. Ich weine, weil meine Schwester verrückt ist. Ich weine, weil ich in Gefahr bin, Sie zu verlieren. Ich könnte Ihre Abwesenheit nicht ertragen. Ich kenne Ihren Namen nicht. Vom ersten Tag an habe ich Sie »Gast« genannt, ich hätte Ihnen einen Namen geben können, aber was ist schon ein Name. Ihre Anwesenheit in diesem Irrenhaus hat etwas mehr Leben, Gefühle, Wärme und Anmut gebracht.

Die Sitzende war wieder gegangen. Ich nutzte diesen Anfall, um dem Konsul alles zu sagen und zu gestehen. Ich erzählte ihm meine Geschichte von der Geburt bis zur Flucht, zum Umherirren, zur Vergewaltigung und zur Begegnung mit der Sitzenden. Ich gestand ihm meine Reue, meine Traurigkeit und die Hoffnung, die ich dank seiner diskreten und zärtlichen Freundschaft wiederfand. Ich sagte ihm, ich wüßte, daß man mich eines Tages aufspüren und bestrafen würde. Zwar erwartete ich diesen Tag in aller Heiterkeit, aber auch ich könnte es nicht ertragen, von ihm getrennt zu sein.

Meine Geschichte entlockte ihm ein Lächeln. Für ihn war es ein Märchen, das ich erfunden hatte, um die ersten zwanzig Jahre meines Lebens hinter mich zu bringen, der Einbildungskraft eines Kindes entsprungen, das sich langweilte und sich lieber dem Spiel zwischen Ernst und Lachen hingab.

– Lachen ist sehr wichtig, es durchbricht die Mauer der Angst, der Unduldsamkeit und des Fanatismus, fügte er hinzu, während der Anfall der Sitzenden uns noch in Bann hielt.

Er hatte eine große Fähigkeit, sich zu entfernen, wenn er eine Situation für bedrückend und verfahren hielt.

– Ich brauche die Augen nicht zu schließen. Ich bleibe hier, und dann ist mein Geist dort oben, im Zimmer oder auf der Terrasse. Ich lache gern, wenn nichts klappt, weil nichts wirklich klar, nichts wirklich dunkel ist. Ich würde sagen, daß alles komplex ist und daß die Wahrheit dem Schatten näher ist als der Baum, der diesen Schatten spendet. Wenn das, was Sie mir erzählen, wirklich geschehen ist, dann müssen Sie sich köstlich amüsiert haben. Von Ihren Eltern und Ihrer Umgebung möchte ich das freilich nicht behaupten. So raffiniert auf zwei Hochzeiten zu tanzen, ist ein Glücksfall. Wie ich Ihnen schon einmal sagte, ist die Blindheit kein Gebrechen. Natürlich ist sie das, aber nicht mehr für den, der mit ihr zu spielen weiß. Spielen heißt nicht täuschen, sondern die Kräfte der Dunkelheit enthüllen. Es ist wie mit der Intelligenz, ich weiß nicht mehr, wer sie als das Unverständnis der Welt definiert hat. Das führt uns zu unseren mystischen Dichtern zurück, für die die äußere Erscheinung die perverseste Maske der Wahrheit ist. Sie wissen, weil Sie es am eigenen Leib gespürt haben, daß die Klarheit eine Täuschung ist. Was gibt es Klares, Bestimmbares in den Beziehungen zweier Menschen? Mir scheint, es gab in Ihrem Leben ein Moment der Unachtsamkeit, und er hat sich in die Länge gezogen, Sie haben Geschmack, Gefallen daran gefunden, und Sie haben zu spielen begonnen, um die Spuren zu verwischen und den Blicken zu trotzen.

Nach kurzem Schweigen suchte er meine Hand. Es kostete mich keine Überwindung, mich ihm zu nähern. Ich dachte noch über seine Worte nach. »Ein Moment der Unachtsamkeit«, das war mein Leben, mein Scheinleben. Ich war davon überzeugt, daß ich diesen Mann, wäre ich ihm während meines Lebens als verkleideter Junge begegnet, geliebt oder gehaßt hätte, weil er mich sofort durchschaut hätte. Ich pflegte den äußeren Schein, aber das Innere blieb unversehrt. Und ausgerechnet dieser Mann, der nicht sehen konnte, sah mit allen anderen Sinnen. Es wäre unmöglich gewesen, ihn zu belügen. Einen Blinden belügt man nicht. Man kann ihm Geschichten erzählen. Aber er traut mehr der Stimme als den Sätzen, die man ausspricht.

Auch wenn er so tat, als glaube er meine Geschichte nicht, bewies mir doch sein Lächeln, daß er etwas geahnt hatte. Er nahm meine Hand, hob sie an seine Lippen und küßte sie, wobei er sie ein klein wenig biß. Ich stieß einen leisen Schrei aus. Verträumt sagte er zu mir:

– Unsere Sünde, das, was die Seele auszehrt und verdirbt, was ihr jedesmal ein wenig mehr von ihrer Reinheit entzieht, das ist unsere Ablehnung der Einsamkeit. Doch was tun? Wir sind so verletzlich... Vielleicht haben wir, Sie und ich, aufgrund unserer außergewöhnlichen Schicksale gelernt, diese Schwäche zu überwinden. Das jedenfalls habe ich sofort gespürt, als Sie in dieses Haus kamen. Unsere Stärke besteht darin, daß wir niemandem etwas schulden. In jedem beliebigen Augenblick können wir diese Welt verlassen, ohne Bedauern, ohne Drama. Ich habe mein ganzes Leben damit zugebracht, mich an den Gedanken dieses freiwilligen Abgangs zu gewöhnen. Meinen Tod, den trage ich in mir, im Knopfloch. Alles übrige ist Schaumschlägerei, um die Zeit nicht zu enttäuschen. Man darf der Zeit keine Gelegenheit geben, sich mit uns zu langweilen. Dann machen wir Dummheiten, Dinge, die unserer Intelligenz unwürdig sind. Ich sage »wir«, weil wir uns ähneln und weil ein durch das Geheimnis besiegelter Pakt uns vereint.

Ich dachte noch einmal an die Szene, in der der Konsul drohte, sich die Kehle durchzuschneiden, sollte die Sitzende mir nicht öffnen. Ich konnte nicht umhin, ihn zu fragen, ob das ernst gemeint war. Er behauptete, es nicht zu wissen und daß aller Ernst ohnehin nur eine scharfe Form des Spiels sei. Vielleicht war er aufrichtig. Er vertraute mir an, daß seine Schwester ihm manchmal Angst mache, und malte ein unnachsichtiges Bild von ihr:

– Sie ist ein bißchen verrückt, weil sie unglücklich ist. Sie war tapfer, als wir von einem Tag auf den anderen ohne etwas dastanden, ohne Eltern, ohne Haus, ohne Obdach. Wir standen in Ruinen. Die Stadt hatte gebebt, sie war zu einem roten Horizont gerutscht. Aus jener Zeit ist ihr eine innere Wut geblieben, die nichts zu besänftigen oder zu ersticken vermochte. Sie kann bösartig, ungerecht sein; sie ist fähig, alles zu verwüsten, scheinbar ohne Grund. Nur vor einer noch stärkeren Gewalt schreckt sie zurück. So kommt es, daß ich manchmal gezwungen bin, gewalttätig zu werden. Nicht gegen sie, sondern gegen mich. Da treffe ich sie im tiefsten Innern ihres Wesens. Und sie weiß, daß ich imstande bin, meine Drohungen wahrzumachen. Was ich ihr am meisten vorwerfen könnte, ist ihr Mangel an Großherzigkeit, ihre allzu offensichtliche Bereitschaft zum Haß und zur Bosheit. Ich weiß, daß ich ihr Gefangener bin. Ich leide darunter und hoffe, mich eines Tages retten zu können. Man stelle sich vor: es ist mir gelungen, mich von den Fesseln der Blindheit zu befreien, aber nicht, mich von der Zuneigung zu lösen, die meine Schwester für mich hegt!

Während er sprach, hatte ich mich an ihn gelehnt, bis ich mich schließlich in seine Arme schmiegte und seinen warmen Körper spürte.

Zum erstenmal liebten wir uns im Haus. Danach schwiegen wir. Ich dachte an die Drohungen und Ränke der Sitzenden. Sie war imstande, das Unglück herbeizurufen: uns zu zerstören oder zumindest mich zu vernichten. An diesem Morgen, als sie brüllte, hatte sie Schaum vor dem Mund gehabt. Das war das äußere Zeichen ihres Hasses. Ihre Augen waren nicht mehr rot, sondern gelb. Ihre Wut war die eines verwundeten Tieres, das nicht allein sterben will. Sie mußte einige Hinweise oder Informationen über meine Vergangenheit besitzen. Auch wenn ich mir über diesen Teil meines Lebens nichts vorzuwerfen hatte, wollte ich vermeiden, eines Tages mit dieser Maskerade konfrontiert zu werden. Als ich meinen Vater beerdigte, hatte ich dafür Sorge getragen, alle Gegenstände zu verscharren, die mir während jener Epoche gedient hatten. Sie konnten kein Zeugnis mehr ablegen. Natürlich blieben die Onkel, die Schwestern, Vettern und Nachbarn. Ich war geflohen, indem ich die Spuren verwischte, und hatte erst am anderen Ende des Landes haltgemacht. Der Zufall wollte es, daß meine Wanderschaft nicht lange dauerte. Das Schicksal lenkte meine Schritte zum Hammam. Die Vergewaltigung im Wald stieß mich zu diesem Ort. Ich wußte, daß ich in der ersten Zeit nur mit ungewöhnlichen Menschen leben konnte. Ich war glücklich, daß der erste Mann, der meinen Körper liebte, ein Blinder war, ein Mann, dessen Augen in den Fingerspitzen lagen und dessen langsame und sanfte Bewegungen mein Bild neu zusammensetzten. Darin bestand mein Sieg; ich verdankte ihn dem Konsul, dessen Anmut sich hauptsächlich in der Berührung äußerte. Er gab jedem meiner Sinne die Lebenskraft zurück, die eingeschlafen oder gefesselt war. Wenn wir uns liebten, brachte er lange Augenblicke damit zu, meinen ganzen Körper mit seinen Händen anzuschauen. Damit weckte er nicht nur mein Begehren, sondern gab ihm auch eine außerordentliche Intensität, die dann herrlich beglückt wurde. Alles geschah in der Stille und bei sanftem Licht. Er legte großen Wert auf das Licht. Manchmal kam es vor, daß er ungeschickt und nervös wurde. Dann bat er mich, eine weitere Lampe oder eine Kerze anzuzünden. Er sagte zu mir: »Ich brauche ein wenig Licht, um Ihren Körper zu sehen, Ihren Duft zu riechen, um mit meinen Lippen den Linien seiner Harmonie folgen zu können.« Wahrscheinlich hatte er nur geringe Erfahrung mit Frauen; er konzentrierte sich wie ein Künstler, bevor er ein Werk beginnt. Er verglich sich mit einem Bildhauer: »Damit Ihr Körper mir vertraut wird, damit er darauf verzichtet, aufsässig zu sein, muß ich ihn sorgfältig und geduldig meißeln.«

Ich hatte meine Jugend damit verbracht, mit all meinen Kräften die Begierde zu verdrängen. Ich saß in der Falle, zog aus dieser Situation jedoch reichlich Gewinn. Schließlich dachte ich nicht mehr an die Begierde. Ich hatte kein Recht darauf. Ich begnügte mich mit meinen Fieberträumen voll von Phallen, Jünglingskörpern und vulgären Gelagen. Oft kam es vor, daß ich meinen Körper selbst besänftigte und mich dessen schämte. Das alles war jetzt in weiter Ferne. Ich wollte nicht mehr daran denken. Das Wunder hatte das Gesicht und die Augen des Konsuls. Er hatte mich zu einer begehrten und begehrenden Statue aus Fleisch und Blut gemeißelt. Ich war kein Geschöpf aus Sand und Staub mehr, das keine Identität besitzt und beim geringsten Windstoß zerbröckelt. Ich spürte, wie jedes meiner Glieder sich festigte, sich konsolidierte. Ich war nicht jenes Geschöpf aus Wind, dessen Haut lediglich eine Maske war, eine Illusion, dazu geschaffen, eine schamlose Gesellschaft zu täuschen, die auf der Heuchelei und den Mythen einer fehlgeleiteten, ihres Geistes entleerten Religion gründete, eine Täuschung, inszeniert von einem Vater, den die von seiner Umgebung geschürte Scham quälte. Ich bedurfte des Vergessens, der Wanderschaft und des aus der Liebe destillierten Glücks, um wiedergeboren zu werden und zu leben. Doch leider sollten dieses Glück, diese Erfüllung, diese Selbstentdeckung im erhabenen Blick eines Blinden nicht dauern. Ich wußte es. Ich ahnte es voraus. Dieses kurze, aber intensive Glück sollte brutal unterbrochen werden. Auch wenn ich unglücklich war, akzeptierte ich die Rückschläge des Schicksals. Ich war nicht fatalistisch, aber ich hatte nicht mehr die Kraft, mich aufzulehnen.

Der Mord

Es war alles sehr schnell gegangen. Die Sitzende war über eine Woche verschwunden. Der Konsul dachte, sie sei mit ihren Heiraten beschäftigt. Ich dagegen war überzeugt, daß sie auf Reisen war und etwas suchte. Bevor sie ging, hatte sie uns eine Dienstbotin aus dem Hammam geschickt, um uns ausrichten zu lassen, daß sie in letzter Zeit sehr in Anspruch genommen sei und daß wir uns keine Sorgen machen sollten.

Sie kehrte eines Morgens zu früher Stunde zurück. Ich schlief tief in den Armen des Konsuls. Sie riß die Tür auf und zerrte mich an den Haaren aus dem Bett. Der Konsul fuhr aus dem Schlaf, ganz verstört, weil er glaubte, einen Alptraum zu haben. Sie brüllte und geiferte:

– Komm, du Hündin, Diebin, Hure, komm und sieh, wer dich unten erwartet. Du hast alle umgebracht und bist mit dem Erbe durchgebrannt ...

Sie stieß und trat mich. Ich hielt mich fest, wo ich konnte. Der Konsul zog sich an. Sie schleuderte mich auf die Treppe, ich fiel hin und fand mich unten meinem Onkel gegenüber, Fatimas Vater, dem Geizhals, vor dem mein Vater mich gewarnt hatte. Seine Wut war eiskalt. Sie äußerte sich in einer Blässe, die nichts Gutes verhieß. Ich wußte, daß er furchtbar war und daß seine Tochter nur infolge seiner Bosheit epileptisch und verwahrlost war. Mein Vater nannte ihn »mein Bruder, die Rachsucht«. Er war es, der meine Mutter verhöhnte, weil sie unfähig war, einen Jungen zu gebären. Er tat es kalt und zynisch. Der Rotz, der an seiner Nase hing, war Gift. Ich hatte ihn immer gehaßt. Ich war stärker als er, da ich ihm nie Gelegenheit gab, sich mir zu nähern oder den geringsten Kontakt mit mir zu knüpfen. Ich wußte, daß er grenzenlosen Haß hegte. Und wenn ich die Heirat mit Fatima simuliert hatte, so vor allem deshalb, um sie ihrer Familie zu entreißen, die sie während ihrer Anfälle und Krämpfe allein ließ. Er hatte sein ganzes Leben damit verbracht, seinen Bruder zu beneiden, ihm auf die eine oder andere Weise zu schaden. Seine Leidenschaft bestand darin, den Leuten Fallen zu stellen, sie zu erpressen und aus ihrer Schwäche oder ihrem Unglück Nutzen zu ziehen. Er war ein Aasgeier. Als ich ihn erblickte, begriff ich, daß er mich in der Falle hatte. Er schwieg und genoß seinen Sieg. Ich hätte alles abstreiten, ihn nicht wiedererkennen können, aber das Bild des Sees mit schwerem und klebrigen Wasser überflutete mich, erregte Übelkeit in mir und brachte mich aus der Fassung. Unsere Augen starrten einander an. In den seinen waren Haß und Rachegelüste. In den meinen Mitleid und der ungeheure Wunsch, Schluß zu machen. Ich bat ihn, auf mich zu warten: ich wolle nur meine Sachen holen und ihm dann folgen. Ich ging hinauf in das Zimmer des Konsuls, der niedergeschmettert und ratlos wirkte und keine Reaktion zeigte. Ich ging direkt auf die untere Schublade zu. Ich lud den Revolver und stieg hinunter, ohne mich zu beeilen. Als ich einen Meter vor dem Onkel angekommen war, schoß ich ihm die gesamte Ladung in den Bauch.

Im Bruchteil einer Sekunde wußte ich, daß das Ende der Episode gekommen war. Es war meine Pflicht, sie zu beschließen und durch diesen Mord zu besiegeln. Wenn man auf jemanden schießt, denkt man im allgemeinen an nichts. Ich aber wurde von einer Fülle von Bildern und Gedanken überschwemmt. Ich wurde von ihren Fluten ergriffen, und ich wußte, daß Fatimas Energie meine Hand in Bewegung setzte, dann die meines Vaters und meiner Mutter und all derer, die irgendwann einmal der Bosheit dieses Mannes zum Opfer gefallen waren.

Beim Anblick des grünlich gelben Bluts, das aus dem am Boden liegenden Körper floß, war ich erleichtert. Die Sitzende brüllte und zerkratzte sich die Wangen. Der Konsul, in seiner Stummheit gefangen, wirkte abwesend. Mir war kalt.

Ich legte mir einen Schal um die Schultern und wartete auf die weiteren Ereignisse. Ich starrte auf den Boden und hörte nichts mehr. Ich war schon weit weg. Ich rannte durch die Steppe, hinter mir eine Meute Kinder, die mich mit Steinen bewarfen. Ich war im Alter des Glücks, kaum ein Jahr alt. Der Begriff des Verlustes existierte bei mir nicht mehr. In wenigen Monaten hatte ich eine Leidenschaft durchlebt, die mich bis zum Ende meiner Tage nähren konnte.

Ich wurde zu fünfzehn Jahren Gefängnis verurteilt. Ich wollte keinen Verteidiger. Von Amts wegen teilte man mir einen zu. Es war eine Anwältin, eine junge Frau, die ein schönes Plädoyer über die Lage der Frau in einem mohammedanischen Land hielt. Die Sitzende und der Konsul wurden als Zeugen vernommen. Ich erinnere mich nicht mehr, was die Sitzende sagte, und auch wenn der Konsul von dieser Sache sehr mitgenommen war, so zeigte er es nicht. Er gab eine Erklärung ab, die er vorbereitet hatte:

– Wer den Menschen immer zu beschämen sucht, kann unsere Achtung nicht verdienen. Wer niemandem die Schande erspart, ist kein Mensch. Wenn man im Besitz der Gnade ist und Seelengröße hat, kommt es vor, daß man grausam, das heißt zum Rächer wird. Die Frau, über die Sie heute richten, gehört zu jenen außergewöhnlichen Wesen, die alle Schmach überlebt haben, die der Haß ihnen zufügte. Sie ist ihrem größten Schmerz entgegengegangen, denn ihre Seelengröße diktierte ihr es. Mit dieser Frau verbindet mich ein Pakt; es ist unser Geheimnis. Darin liegt unsere Liebe. Man ist es nicht gewohnt, an diesem Ort von Liebe sprechen zu hören. Ihr sollt wissen: diese Liebe, die uns verbindet, nimmt die Finsternis von mir hinweg. Also werde ich auf sie warten.

In der Finsternis

Mein Leben im Gefängnis ordnete sich sehr schnell. Ich betrachtete die Gefangenschaft nicht als Strafe. Als ich mich zwischen vier Wänden wiederfand, wurde mir klar, wie sehr mein Leben als verkleideter Mann einem Gefängnis ähnelte. Ich war der Freiheit beraubt, insofern ich nur eine einzige Rolle spielen durfte. Außerhalb dieser Grenzen lauerte die Katastrophe. Für den Augenblick war mir nicht bewußt, wie sehr ich litt. Mein Schicksal war irregeleitet, meine Instinkte verhöhnt, mein Körper verunstaltet, meine Sexualität verleugnet und meine Hoffnungen vernichtet worden. Hatte ich die Wahl?

Das Gefängnis ist ein Ort, wo man das Leben simuliert. Es ist eine Abwesenheit. Es hat die Farbe der Abwesenheit, die Farbe eines langen Tages ohne Licht. Es ist ein Laken, ein schmales Leichentuch, ein verbranntes Gesicht, vom Leben verlassen.

Meine Zelle war eng, und sie entzückte mich. Ich sagte euch, daß sie das Grab vorwegnahm; ich betrachtete diesen Aufenthalt als Teil der Vorbereitungen zum großen Abgang. Die Feuchtigkeit der Wände berührte mich nicht. Ich war froh, endlich ein Territorium nach den Maßen meines Körpers zu haben. Ich unterhielt so wenig Kontakte wie möglich zu den anderen Inhaftierten. Ich weigerte mich, am Hofgang teilzunehmen. Ich bat um Papier und einen Bleistift. Ich wollte schreiben. Ich fühlte mich überall von Wörtern bestürmt. Sie kamen in Scharen und klopften an meinen kalten Käfig. Wörter, Gerüche, Bilder, Geräusche umschlichen meine Gefangenschaft. In der ersten Zeit scherte ich mich nicht darum; ich lernte das Warten. Ich wollte die Zeit nicht messen. Aus diesem Grunde beseitigte ich das schwache Licht, das aus einer Öffnung oben in der Mauer fiel. Wozu den Tag und seine Helligkeit nachahmen, wo doch dieses ganze Gebiet in eine lange und tiefe schwarze Nacht getaucht war? Ich bat um Dunkelheit, und sie wurde mir schließlich gewährt. Ich zog es vor, in einer einfarbigen Fläche zu leben, mich an dieses flache Areal zu gewöhnen, an diese gerade Linie, auf der ich ging; nach und nach drang ich in die alltägliche Welt derer ein, die des Augenlichts beraubt sind, so wie ich der Freiheit beraubt war. Ich lebte mit geschlossenen Augen. Ich gebe zu, daß es mir schwerfiel, mich daran zu gewöhnen. Zur größeren Sicherheit hatte ich mir die Augen verbunden. An diesem elenden Ort gab es nicht nur nichts zu sehen, es war auch meine Art und Weise, dem Konsul nahe zu sein. Ich versuchte, in seine Finsternis einzutauchen, in der Hoffnung, ihm zu begegnen, ihn zu berühren und mit ihm zu sprechen.

Er besuchte mich jeden Freitag am frühen Nachmittag. Mein Leben war von diesen wöchentlichen Besuchen geprägt. Anfangs brachte das ein paar Schwachsinnige zum Lachen, die sich ironisch über »den Blinden, der kommt, um sie zu sehen, ja, sie zu sehen ...« ausließen. Auf diese Sarkasmen antwortete ich nie. In der ersten Zeit – ich hatte meine Augen noch nicht verbunden – sahen wir uns an und sagten nichts. Während der Besuchszeit saßen wir Hand in Hand, ohne ein Wort zu sagen. Er brachte mir Bücher, Papierblocks, Kugelschreiber mit. Indem ich mir die Augen verband, verurteilte ich mich dazu, nicht zu schreiben. Gleichzeitig hatte ich das immer dringendere Bedürfnis zu schreiben. In allen Zellen ging zwischen sieben und neun Uhr abends das Licht an. Ich beschloß, während dieser zwei Stunden die Augen zu öffnen, und ich schrieb. Ich kritzelte; ich schmierte. Ich hatte so viele Dinge aufzuzeichnen und wußte nicht, wo anfangen. Dann verband ich mir von neuem die Augen und vergrub meinen Kopf im Kissen. Die Dunkelheit wiederzufinden, beruhigte mich. Auf diese Weise stand ich mit dem Konsul in Verbindung. Er wußte es nicht, und ich wollte nicht, daß er es wußte. Meine Liebe zu ihm nahm den Weg seiner eigenen Widrigkeiten; es war für mich die einzige Möglichkeit, bei ihm zu sein. Wenn die Blindheit wirklich akzeptiert wird, verleiht sie eine bemerkenswerte Hellsicht und Klarheit über sich selbst und über die Beziehung zu den anderen. Da es mir nicht gelang, wirklich zu schreiben, nutzte ich die beiden Stunden Licht zum Lesen. Ich konnte nicht umhin, alle Personen der Erzählungen, die ich las, mit Projektionen zu bedenken. Ich verband ihnen systematisch die Augen oder schickte sie wegen vorsätzlichen Mordes ins Gefängnis. Meine Lektüre war nie unschuldig. Es kam sogar vor, daß ich eine Figur von einer Geschichte in die andere versetzte. Das amüsierte mich und erlaubte es mir, ein wenig zu handeln. Das alles verhedderte sich in meinem Kopf und bevölkerte sodann meine Nächte oder Träume; Alpträume und weiße Leinwand verschmolzen miteinander und plagten mich. Allmählich war ich selbst zu einer Gestalt dieser aufregenden und phantastischen Nächte geworden, so daß ich mich beeilte, einzuschlafen, um endlich Abenteuer außerhalb des Alltäglichen zu erleben.

So fand ich mich in eine grausame Liebesgeschichte verwickelt, in der ich sowohl Sasuke, der in seine Musiklehrerin verliebte Schüler war, als auch eben diese Frau, Shunkin, die erblindete, weil man ihr einen Kessel kochendes Wasser ins Gesicht geschüttet hatte. Ich war der Mann und die Frau zugleich, bald ein von Gnade und Liebe erfüllter Engel, bald ein rächendes und mitleidloses Gewitter. Ich war die Musiknote und das Instrument, die Leidenschaft und das Leiden. Es widerfuhren mir so viele Geschichten, daß ich alles lustvoll durcheinanderbrachte, neugierig darauf, welche Gewänder die neue Nacht mir bringen würde.

Natürlich las ich *Tausendundeine Nacht*, in kleinen Abschnitten. Ich sprang von einer Nacht zur anderen und stellte mir die Folgen des Durcheinanders vor, das ich schuf.

Meine Nächte waren reich. Statt zu schreiben, las ich, um sie zu nähren. Die Tage dagegen hatte ich ausgelöscht, ins Dunkel eingesperrt, im selben Sack verschnürt. Ich hatte beschlossen, nichts von dem Gefängnis zu sehen oder zumindest so wenig wie möglich. Das war mein Recht und ich bestand darauf, trotz der gelegentlichen Kommentare der Wärterinnen. Das erste Jahr verlief in diesem regelmäßigen Rhythmus: Dunkelheit am Tag – Öffnen der Augen zwischen sieben und neun Uhr zum Lesen oder Schreiben – erneute Dunkelheit, dazu die Nacht und ihr Gefolge – Besuch des Konsuls am Freitag. Es nahm die Form eines Rituals an.

An jenem Freitag ahnte ich schon am frühen Morgen, daß er nicht kommen würde. Mein Herz zog sich zusammen, und ich war in keiner guten Verfassung. Ich wußte. Unmöglich zu sagen, was. Ich wußte, das war alles.

Um fünf Uhr brachte mir die Wärterin einen Brief. Der Umschlag war aufgerissen. Ich nahm meine Augenbinde ab. Das Zimmer war zu dunkel, als daß ich den Brief entziffern konnte. Ich stieg auf das Bett und nahm den schwarzen Stoff ab, mit dem ich das Fenster verhängt hatte. Ich erhielt einen kleinen Lichtstrahl und begann zu lesen. Meine Beine zitterten, und meinen Augen fiel es schwer, sich ganz zu öffnen. Ich wartete einen Augenblick.

> Freundin,
> Meine Schwester ist am Mittwoch morgen an einer Gehirnblutung gestorben. Ich habe sie noch am selben Tag ganz allein beerdigt. Es ging schnell und das war gut so. Das Leben im Haus war nicht auszuhalten. Wir stritten uns dauernd. Ich war unglücklich und sie auch. Ich ertrug ihre Angewohnheiten nicht mehr, ihre Nahrung, ihr Schnarchen, ihren Geruch, ihre Stimme. Ich war gegen ihre Anwesenheit allergisch geworden. Ich verlor die Geduld und reagierte aggressiv. Ich habe erkannt, wie gewalttätig ein Mensch sein kann, dem man ständig und beharrlich widerspricht. Anfangs war meine Gewalt körperlich, dann, als die Dinge sich wiederholten, war sie innerlich, und ich pflegte den Haß auf diese arme Frau. Ihr ganzes Leben war eine Folge von Niederlagen

nach uneingestandenen ehrgeizigen Wünschen, Begehrlichkeiten, einem hartnäckigen Kampf, um mich abzukapseln und für sich allein zu haben. Sie wollte mich mästen und verschlingen. Ich verlor nicht den Boden unter den Füßen. Ich war wachsam. Nach dem Drama und Ihrem Weggang erklärte sie sich für schuldig und fügte, von Ihnen sprechend, hinzu: »Auf jeden Fall konnte nichts Wahres von jemandem kommen, der sein Leben auf der Lüge errichtet hatte.« Ich ließ sie reden. Ich antwortete ihr nicht. Sie weinte und erhoffte den Tod. Ich wünschte ihn ihr schweigend. Ihre Eifersucht hat uns vernichtet; sie hat alles verwüstet; es bleibt nichts Lebendiges mehr in unserem Haus.
Sie war es, die in Ihrer Geburtsstadt Erkundigungen einzog. Sie sagte, sie wollte Sie entlarven. Es ist ihr gelungen, diesen ehrlosen Mann aufzufinden, der Ihr Onkel war, ein Wucherer, der seinen Laden als Kreditkontor benutzte. Wissen Sie, daß sein Tod viele Leute glücklich gemacht hat? Er wurde von allen verabscheut. Er war in viele zweifelhafte, wenn auch nicht gerade schwungvolle Geschäfte verwickelt. Damit will ich Ihnen nur sagen, daß Ihre Tat berechtigt war. Ich denke an Sie. Meine über den Gedanken an Sie geschlossenen Augen haben den Wunsch, Sie wiederzufinden. Ich muß die Probleme regeln, die der Tod meiner Schwester geschaffen hat. Ich werde mich neu organisieren müssen. Die Einsamkeit ängstigt mich nicht. Ich weiß nicht, wann ich alles geregelt haben werde. Ich brauche jemanden, der sich um das Haus kümmert und den Herd feuert. Im Augenblick leistet mir ein junger Mann aus der Nachbarschaft Gesellschaft. Er liest mir vor und nennt sich mein Schüler. Das bringt mich zum Lachen. Seine Eltern schicken mir die drei Mahlzeiten. Sie sind sehr nett. Ihre Kinder gehen in meine Schule. Seit vorgestern muß ich ständig Leute empfangen; sie kommen, um mir ihre Hilfe für die Kondolenzen anzubieten.

Meine Schwester war nicht beliebt. Ich glaube, das ist das schlimmste. Allein zu sterben und von niemandem betrauert zu werden, ist unsäglich traurig. Ich habe schon immer gewußt, daß die Perversen ihr Leben in scheußlicher Einsamkeit beschließen. Meine Schwester kam nicht dazu, diese Qual kennenzulernen, aber sie wurde nicht geliebt, und sie litt darunter. Ich war der einzige Mensch, den sie auf der Welt hatte. Es kam vor, daß ich sie liebte und ihren Bitten nachkam. Sie bestand darauf, sich um alles zu kümmern, sogar um meine Toilette. Ich habe sie nie wie eine Schwester geliebt, sondern wie eine Bettlerin, die alles hergibt für ein bißchen Wärme. Das ist Mitleid. Ich bin streng, denn ihr verdanke ich es, daß ich überlebt habe. Aber muß man diejenigen, die einen zum Leben verurteilt haben, bis zum Tode mitschleppen? Jetzt schläft sie einen Schlaf ohne Lärm, ohne Bilder, einen Schlaf jenseits aller Nächte, und wir wollen sie nicht durch ein gnadenloses Urteil aufwecken.

Das Leid, das in mir ist, spricht nicht von ihr, sondern von Ihnen, Tag und Nacht. Meine Gedanken schlagen Wurzeln in einem dämmrigen Wald, in dem Sie im Augenblick gefangen sind. Mein Herz ist eine mit Laub bedeckte Steinbank, auf den Weg gestellt für Rast und Ruhe. Der Zufall oder der Wind wird Sie dorthin tragen. Ich warte auf Sie. Bis gleich.

Er sagte oft »bis gleich«, um zu sagen »bis nächsten Freitag«. Der Tod der Sitzenden ging mir nahe. Ich dachte an ihr Unglück, an ihren reizlosen Körper, an ihre Niederlagen, die Spuren auf ihrem Gesicht hinterlassen hatten, ich suchte zu verstehen, warum sie es nicht unterließ, Böses zu tun, wenn nichts sie dazu zwang. Sie wollte aller Welt das Elend ihres Körpers heimzahlen, ein Elend, das sie mit der Not ihrer Seele verwechselte. Es gibt Leute, die ihre Energie aus dem Haß schöpfen, um leben zu können. Oft kann man sie zur

Dämmerstunde um einen See toten Wassers schleichen sehen, dort, wo ihnen die Ratten vorausgehen, um ihr Gift zu verspritzen. Man mag sich noch so oft sagen, daß sie ihr Unglück austreiben, um sich zu reinigen, doch in Wahrheit tragen sie eine schwarze Last und müssen sie auf die anderen abwälzen, bevor sie ihre eigene Lähmung und dann den Tod herbeiführen. Die Sitzende mußte sterben, ein Opfer ihres Willens zu schaden. Verwirrt durch das von ihr selbst heraufbeschworene Drama, hatte sie wohl den Kopf verloren und keinen Ort, keinen Menschen gefunden, auf den sie ihren Groll hätte abladen können.

Ich legte meine Augenbinde wieder an und suchte die Nacht. Mir blieb nichts anderes mehr, als auf die ruhigen Stunden zu warten, die allein durch die Liebe aufgestört würden. Mein ganzes Sein sehnte sich nach Ruhe, nach jenem Zustand, in dem die Rhythmen sich verlangsamen und Linderung und glückliches Ermatten gewähren. Ich sehnte mich nur noch nach diesem Schlaf, bevölkert von Gestalten, die in mir weiterlebten, als wäre ich ihr Hort, ihr Herd und ihre Krypta geworden, wo sie sich während des Tageslichts verkriechen. Doch sobald ich die Augen schloß, eilten sie von überall herbei und machten mir meine lange Abwesenheit zum Vorwurf. Ich lachte und setzte mit ihnen die in anderen Epochen begonnenen Abenteuer fort. Mich störte nur, daß in dieser Welt voller Leben, Lachen und Raserei keine Spur des Konsuls zu entdecken war. Ich mußte die Geheimtür finden, durch die ich ihn hereinführen und in dieses Schauspiel einflechten konnte. Zwar gab es einen Blinden, Wärter am Eingang des andalusischen Gartens, aber es war nicht der Konsul. Jener hatte einen Stock und verwehrte den Kindern den Eintritt. Manchmal schlug er sie sogar. Er war böse, nicht weil er nicht sehen konnte, sondern weil er Wärter war und arm.

Der Brief

Mit der schwarzen Binde um die Augen fand ich nach und nach Zugang zur Welt der Blinden. Ich erlernte die Gesten des täglichen Lebens neu, die im Gefängnis auf ein Minimum beschränkt waren. Ich nahm die Binde nur ab, um zu lesen, zu schreiben und mich zu waschen. Die Schicht der Finsternis, die ich zu mir kommen ließ, wurde von Tag zu Tag dicker. Sie half mir, mich von meinem Körper zu trennen, ihn unversehrt zu lassen, und bewahrte in glühender Erinnerung die letzten Liebkosungen des Mannes, den ich liebte. Die Zeit hob sich von selbst auf. Diesmal simulierte ich nichts. Ich paßte mich an und lernte, die Einsamkeit und das Warten zu zähmen. Von allen Inhaftierten war ich vielleicht die einzige, die sich niemals über die Einsamkeit beklagte. Und über das Warten sprach ich mit niemandem. Rings um meine Zelle hatte ich die Stille und sogar das Vergessen durchgesetzt. Ich gab Geld, um Frieden zu haben. Vor allem wollte ich meine Gesten und meine innere Absonderung nicht rechtfertigen müssen. Durch die Einschließung war etwas Merkwürdiges geschehen: meine Vergangenheit als verkleideter Mann verfolgte mich nicht mehr; sie war dem Vergessen anheimgefallen. Mit dem Tod des Onkels hatte ich die Vergangenheit ausgemerzt (zumindest glaubte ich es). Außerdem dachte ich, daß ich nicht im Gefängnis war, um für dieses Verbrechen zu büßen, sondern daß ich fast freiwillig hier war, um auf die Rückkehr des Konsuls zu warten, der in einen fernen Kontinent gereist war. Warten und lernen, im Dunkeln zu leben. Ich hatte den Eindruck, da hindurchzumüssen, um diese Liebe zu verdienen. So arrangierte ich mich mit meinem neuen Leben und übte mich in Geduld.

Die Besuche des Konsuls wurden immer seltener. Er zog

es vor, mir zu schreiben, und wiederholte fast in jedem Brief, wie sehr er darunter leide, mich in diesem Zustand der Abgeschiedenheit und Unterwerfung zu sehen. Ich berichtigte dieses Mißverständnis in einem Brief, für dessen Abfassung ich viel Zeit brauchte und noch mehr Zeit für den Entschluß, ihn abzuschicken. Ich konnte mich nicht mit dem Gedanken anfreunden, daß dieser Brief nicht unmittelbar von ihm, sondern von einer dritten Person gelesen würde. Ich hoffte, ihn ihm persönlich im Besuchsraum vorzulesen, aber Ohren belauschten uns. Wie gern hätte ich Blindenschrift gekonnt. Ich hatte bei der Gefängnisleitung einen entsprechenden Antrag gestellt. Ich erhielt nie eine Antwort. Sie haben sich wohl über mich lustig gemacht. Heute hätte ich diese kleinen Tonbandgeräte benutzt, aber damals gab es noch keine Kassetten. Ich mußte meinen ersten Liebesbrief mehrmals umschreiben.

Freund,
ich beauftrage die Demut der Wörter, Ihnen den schwankenden Schatten der Erinnerung zu erzählen, das, was mir von unserem Gedicht noch bleibt. Es ist jetzt schon einige Monate, vielleicht ein Jahrhundert her, daß ich auf Sie zugehe, die Arme vorgestreckt wie jene legendäre Statue, die zum Meer schreitet. Ich bin nicht hinter Ihnen, sondern habe den umgekehrten Weg eingeschlagen, damit ich Ihnen begegne, damit unsere Gesichter sich wiederfinden, von ein und demselben Licht erleuchtet. Ich schreite voran und spüre unter meinen Füßen, daß ein Teil von mir in der Erde Wurzeln schlägt. Die dicke Schicht der Finsternis, die ich rings um mich schaffe, ist mir Asyl. Sie bedeckt und schützt mich. Bald Mähne, bald gegen das Licht gehißter Flor. Sie und ich, wir stammen aus demselben Traum, so wie andere aus demselben Land stammen, nie werde ich sagen aus derselben Familie. Wie das Echo eines Morgenliedes beugt Ihre Stimme sich über

mich und begleitet mich auf meinem Weg. Nackte Stimme ohne Wörter, ohne Sätze, nur die Wärme eines Murmelns. Dort, wo wir sind, folgen die Jahreszeiten aufeinander, ohne uns zu streifen; sie kommen und gehen dort unten hinter den Bergen. Für unsere Freundschaft – Sie sagen Liebe – spreche ich kein Gebet. Sie ist außerhalb der Worte. Sie ist eine Pflanze mit breiten Blättern in meinem Bewußtsein und in meinem Herzen. Sie verhindert, daß ich mich auflöse und im Warten schwankend werde. Manchmal überfällt mich Traurigkeit; eine törichte und schwere Traurigkeit hüllt mich ein wie ein Mantel toter Sterne. Dann tue ich nichts. Ich lasse diese Augenblicke, die mich von Ihnen trennen, verstreichen; Sie entfernen sich, und Ihr Blick wendet sich ab. Ich weiß es und kann nichts daran ändern. Ich nähre mich so sehr von dieser Erregung, die ich allein beim Gedanken an Sie empfinde. Die Zeit, in der ich wandere, ist eine Wüste, und der Sand ist bald kalt, bald glühend heiß. Ich trage dicke Wollsocken und Nomadensandalen. Ich pflege meine Füße, denn der Weg ist lang. Ich kenne die Zeit als einen tiefen und unbeständigen Fluß. Ich folge ihm. Er ist die Richtung, die zum Ort unserer nächsten Begegnung führt.

Freund, ich hoffe, daß dieser Brief Sie bei guter Gesundheit erreicht. Hier fehlt mir, wie Sie wissen, nur der Anblick Ihres Gesichts. Zwischen meinem Warten und Ihrer Rückkehr die Fläche eines blauen Meers. Ich küsse Ihre Hände.

Ich schickte diesen Brief ab, indem ich mir sagte, er würde gewiß einen diskreten und treuen Leser finden. Mein Körper fror. Ich aß ein Stück Brot und einige Oliven und kauerte mich in eine Ecke, ermattet, als hätte ich endgültig das Gefühl meiner selbst verloren. Mein Schlaf war tief, und die Nacht verging ohne das Wiedersehen mit den Gestalten der Geschichten, die ich las.

Asche und Blut

Während ich wähnte, meiner Vergangenheit ledig zu sein, so sehr, daß ich mich nicht mehr an die Gesichter der einen und der anderen erinnerte, rückten meine Schwestern, fünf an der Zahl – die eine war schwer krank oder vielleicht schon tot, die andere lebte im Ausland – in einem Aufmarsch an, der mehr grotesk als lächerlich war. (Ich kann heute unmöglich sagen, ob es eine Vision, ein Alptraum, eine Halluzination oder Wirklichkeit war; ich bewahre eine präzise und lebhafte Erinnerung an die Einzelheiten, aber ich vermag weder den Ort noch die Zeit zu bestimmen.)

Alle waren sie gleich angezogen: weißes Hemd, schwarze Krawatte und Djellaba, über den Kopf gezogene Kapuze, mit schwarzem Stift gemalter Schnurrbart, Sonnenbrille. Sie stellten sich mir vor, eine nach der andern. Jede trug eine Plastiktüte. Alles schien identisch und sorgfältig inszeniert zu sein. Es trat die größte vor, die mich mit ihren Glubschaugen anstarrte, die Tüte auf den Tisch legte und mir befahl, sie zu öffnen: es war eine tote Ratte darin. Ich schrie, aber meine Stimme ließ sich nicht vernehmen. In der anderen Hand hielt sie ein Barbiermesser, offen, bereit, ein Gesicht oder eine Kehle zu zerschneiden. Ich klebte an der kalten Wand. Ich mußte mich fügen, ohne dieser Folter entrinnen zu können.

Die nächste legte ihre Tüte vor mich hin und bedeutete mir, ein Fleischermesser in der Hand, sie zu öffnen. Es war eine kleine Schachtel darin, die einen lebendigen roten Skorpion enthielt, bereit zuzustechen.

Die andere zeigte mir eine Schere und reichte mir die Tüte. Sie war leer. Kaum hatte ich sie geöffnet, als sie meinen Kopf an die Wand drückte und mir die Haare abzuschneiden begann. Ihr Knie bohrte sich in meinen Bauch. Es tat weh. Die anderen lachten und sagten: »Das wird dich lehren, Lügnerin, Diebin; du hast uns alles weggenommen ... du Schweinehund, ein Schweinehund, der uns gemordet hat ...«

Die vierte – klein, vielleicht eine Zwergin – warf sich auf mich und biß mir in den Hals. Es floß Blut. Ich schlug um mich. Die anderen hielten mich fest. Die Zwergin fing das Blut in einem Fläschchen auf, das sie dann in die Plastiktüte steckte. »Das und die Haare, das wird es tun«, sagte sie.

Die letzte – offenbar die jüngste – legte ihre Tüte zwischen meine Beine, kam mit betrübter Miene auf mich zu, schmiegte sich in meine Arme und flüsterte mir ins Ohr: »Ich, ich habe dich gern; ich wollte nicht, daß man dir weh tut, im übrigen komme ich mit leeren Händen. Ich bin nicht böse.« Sie versetzte mir einen Schlag gegen die Stirn und entfernte sich lachend. Fast wäre ich ohnmächtig geworden, so stark war der Schlag, als ich etwas über meine Beine kriechen spürte. Die letzte war die schlimmste. In der Tüte, die sie achtlos zu meinen Füßen hatte liegen lassen, befand sich eine Viper. Ich stieg auf den Tisch und brüllte. Als mir bewußt wurde, wo ich mich befand, waren sie alle verschwunden. Auf der Erde ein paar Haarbüschel, Blutstropfen und kleine Aschenhaufen.

Ich war völlig aufgewühlt und schwamm in Tränen. Das Unglück hatte sich über mich gebreitet wie der Flügel eines Raubvogels, der seine Beute streift. Diese Geschichte habe ich erlebt. Wann und wo, weiß ich nicht. War es, als ich im Gefängnis saß oder war es zu der Zeit, als mein Vater im Sterben lag? Ich habe sie erlebt und immer wieder erlebt in einer Art Ingrimm qualvoller, verworrener Bilder, alle schwarz umrandet. Es war die Rede von Trauer, ausgeraubter Witwe und Rache.

Vielleicht war es nur ein Alptraum, welcher der Strafexpedition, der ich zum Opfer fiel, entweder vorausging oder folgte.

Eines Tages, als ich in der Dunkelheit versunken war und

nach der Gestalt des Konsuls suchte, kam eine Wärterin, robust und häßlich, und holte mich aus meiner Zelle. Sie riß mir die Binde von den Augen und befahl mir, ihr zu folgen.

– Du hast Besuch, aber nicht den, den du erwartest.

Statt mich ins Sprechzimmer zu führen, ließ sie mich in einen Keller hinabsteigen, vermutlich einen Ort, der für Verhöre und Folterungen bestimmt war; sie brachte mich in einen grauen, feuchten Raum, in dem sich lediglich ein Tisch, ein Hocker und eine Lampe befanden.

Ich blieb einige Minuten allein in diesem Raum, der nicht einmal eine kleine Öffnung besaß, um Luft hereinzulassen. An der Wand verbargen mehrere dunkelgraue Farbschichten Blutspuren. Die Tür ging auf, und wie im Theater sah ich eine nach der anderen fünf Frauen hereinkommen, alle gleich gekleidet: graue Djellaba, weißes Tuch, das die Haare von den Augenbrauen an verbarg, Handschuhe, bleiches Gesicht ohne eine Spur von Schminke. Allesamt häßlich, verbreiteten sie Unbehagen. Ich begriff, mit wem ich es zu tun hatte: einer Sekte fanatischer und brutaler Moslemschwestern. Sie umkreisten mich. Ich riß die Augen auf und erkannte meine Schwestern. Auch die Wärterin stand da. Ihre Komplizenschaft und ihr Schweigen waren gekauft worden. Sie waren gekommen, um einen genauen Plan auszuführen, mir wehzutun, mich vielleicht zu entstellen oder einfach um mir zu drohen und Angst einzujagen. Die Rede der ältesten unterrichtete mich schnell über die Absichten dieser Gruppe von Wahnsinnigen:

– Wir sind gekommen, fünf Finger einer Hand, um eine Situation der Usurpation und des Raubs zu beenden. Du bist nie unser Bruder gewesen, und du wirst nie unsere Schwester sein. Wir haben dich aus der Familie ausgeschlossen, in Gegenwart von Männern der Religion und redlichen Zeugen von hoher Tugend. Jetzt hör mir zu: du hast uns eingeredet, du seist eine Statue, ein Denkmal, das Licht spendet, Ehre und Stolz ins Haus zurückbringt, während du nichts anderes warst als ein Loch, umgeben von einem schmächtigen Körper, ein Loch gleich dem meinen und dem deiner sechs anderen Schwestern. Doch dein Loch hattest du mit Wachs verstopft, und du hast uns getäuscht, gedemütigt; wie der Vater hast du dich nicht davor gescheut, uns zu verachten; du gingst an uns vorbei, hochmütig und arrogant. Ah! wenn wir gekonnt hätten, hätten wir dich mattgesetzt, dich, die kleine Spätgeborene ... wir hätten dich ganz einfach massakriert. Aber Gott tut die Dinge gut. Wer von seinem Weg abweicht, den bringt er auf den Knien auf ihn zurück, auf einer rotglühenden Eisenplatte. Jetzt muß alles wieder in Ordnung gebracht werden. Du wirst nicht entkommen. Du wirst zahlen. Kein Mitleid. Kein Aufschub. Unser Vater hatte den Verstand verloren; unsere arme Mutter war in den Brunnen des Schweigens gefallen; und du, du hast das Unglück ausgenützt, du hast deinen Koffer gepackt und alles mitgenommen. Du hast uns auf Stroh zurückgelassen, im finsteren Elend, in diesem alten verfallenen Haus, wo alles verschimmelte, wo es keinen Platz mehr für das Leben gab. Du hast das Haus ausgeplündert und die Erbschaft mitgenommen. Daß du heute im Gefängnis sitzt, hast du wohl verdient. Du hast die ganze Familie ruiniert. Also mußt du zahlen. Erinnere dich, du bist bloß ein Loch zwischen zwei schmächtigen Beinen. Und dieses Loch werden wir dir jetzt endgültig zustopfen. Wir werden eine kleine Beschneidung machen, wir werden nicht nur so tun, es geschieht im Ernst, es wird keinen abgeschnittenen Finger geben, nein, wir werden dir das kleine vorstehende Ding abschneiden und dir mit Nadel und Faden dein Loch zunähen. Wir werden dich befreien von diesem Geschlecht, das du versteckt hast. Das Leben wird einfacher sein. Keine Begierde mehr. Keine Lust mehr. Du wirst eine Sache werden, ein Gemüse, das bis zum Tode dahinwelken wird. Du kannst dein Gebet aufsagen. Du kannst schreien. Niemand wird dich hören. Seit deinem Verrat haben wir die Tugenden unserer geliebten Religion entdeckt. Die Gerechtigkeit ist unsere Leidenschaft geworden. Die Wahrheit unser Ideal und unsere Obsession. Der Islam unser Führer. Wir werden, was ihm gehört, dem Leben zurückgeben. Und außerdem ziehen wir es vor, in der Liebe und Diskretion des Familienkreises zu handeln. Und jetzt, im Namen Gottes, des Erbarmers und Barmherzigen, des Gerechten und Allmächtigen, öffnen wir den kleinen Koffer ...

Während sie sprach, fesselten zwei ihrer Begleiterinnen meine Hände an den eiskalten Tisch. Sie zerrissen meinen Serual und hoben meine Beine hoch. Die Wärterin, mit den Örtlichkeiten vertraut, zeigte ihnen zwei Haken an der Decke. Sie lieferte ihnen die Schnüre. Meine gespreizten Beine wurden auf jeder Seite von den Schnüren hochgezogen. Die älteste steckte mir einen feuchten Lappen in den Mund. Sie legte ihre behandschuhte Hand auf meinen Unterleib, drückte mit ihren Fingern die Lippen meiner Vagina auseinander, um das, was sie »das kleine Ding« nannte, gut hervortreten zu lassen, bespritzte es mit einer Flüssigkeit, holte aus einem metallenen Kasten eine Rasierklinge, die sie in Alkohol tauchte, und schnitt mir die Klitoris ab. Innerlich schreiend fiel ich in Ohnmacht.

Furchtbare Schmerzen weckten mich mitten in der Nacht. ich war in meiner Zelle: mein Serual voller Blut. Mein Geschlecht war zugenäht. Ich schlug gegen die Tür und rief um Hilfe. Keiner kam. Ich wartete auf den Morgen, ich flehte eine der Wärterinnen an, mich zur Krankenstation zu bringen. Ich gab ihr Geld. Die Krankenschwester – wahrscheinlich steckte sie mit der Folterin unter einer Decke – gab mir eine Salbe und ließ mich ein Papier unterschreiben, in dem ich zugab, mich selbst verstümmelt zu haben. Die Salbe oder die Unterschrift. So erfuhr ich, daß alle Welt von meinen Schwestern bestochen worden war. Das Medikament linderte den Schmerz.

Über einen Monat lang war ich verloren, verirrt, ohne Anhaltspunkte, wahnsinnig, nachts im Delirium, fiebernd, am Rande aller Abgründe. Der Konsul war mich zweimal besuchen gekommen, aber ich konnte ihm mein Gesicht nicht zeigen und hatte auch nicht den Mut, mit ihm zu sprechen. Ich hatte vor allem nicht die Kraft, ihm zu erzählen, was mir widerfahren war. Und dennoch trieb mich der Gedanke an Rache um. Ich arbeitete in meinem Kopf mehrere Szenarios aus, dann brachte mich die Scham und der Ekel vor dieser Familie wieder in meinen armseligen Zustand zurück, hilflos und vernichtet.

Nach seinem zweiten Besuch konnte ich einen Zettel schreiben, den ich ihm durch eine Gefangene schickte, die mir Sympathie entgegenbrachte. Auf diesen Zettel schrieb ich nur folgenden Satz:

> Ihre Spuren verloren. Bin im Dunkeln und sehe Sie nicht mehr. Krank. Krank. Der Körper verwundet. Sie sind mein einziges Licht. Danke.

Die Vergessenen

Verwundet, ausgebrannt setzte ich meine nächtliche Irrfahrten fort, mehr um dem Schmerz zu entfliehen, als neue Begegnungen zu suchen. Ich bahnte mir einen Weg zwischen ausgemergelten Körpern, die in einem riesigen Schuppen hingen. Nur Haut und Knochen, so hingen sie da, nackt, durchsichtig. Eine Armee jeglicher Substanz entleerter Körper wartete in diesem Schuppen. Am anderen Ende sah ich eine Tür. Ich ging vorwärts. Es gab sogar ein Schild, das in mehreren Sprachen und mit grünen Pfeilen auf den Ausgang hinwies. Ich folgte den Pfeilen. Ich erreichte den Ausgang nie. Ich war dazu verurteilt, in diesem Raum umherzuirren, in dem eisiges Schweigen und Angstgeruch herrschten. Ich wußte nicht, daß die Angst einen Geruch haben konnte. Ein leichter Luftzug strich von einem Ende zum andern und bewegte die Körper ein wenig. Zuweilen stießen die Knochen aneinander, und es entstand ein klapperndes Geräusch, vom Echo verwandelt. Hinter mir höre ich eine Stimme:

– Kommen Sie näher, ich habe gerade noch Zeit, Ihnen das Geheimnis des Lebens zu enthüllen und Ihnen das Gesicht des Todes zu zeigen ... Haben Sie keine Angst. Man glaubte, ich wäre tot. Ich bin verwundet, aber ich sehe bereits die Landschaft nach dem Leben. Sind Sie verletzt? Jedenfalls habe ich nichts mehr zu befürchten. Sie müssen wissen, die Welt soll wissen ... Warten Sie, gehen Sie nicht weg ...

Ich drehte mich um und sah einen Mann mit blutigen Knien und grünlichem Gesicht. Es war kein Gespenst. Es war ein Sterbender; er machte große Anstrengungen, um mir ein Geheimnis zu verraten. Ich näherte mich:

– Alle, die Sie hier sehen, waren arme Leute, Bettler, Landstreicher, Kranke. Sie befinden sich hier im großen Saal des Jahrmarkts der Tiere. Eines Tages wurde der Befehl erteilt, die Stadt zu säubern, weil ein wichtiger Gast, ein Fremder, ein paar Schritte durch die Straßen gehen wollte. Wir waren das schmutzige und unerwünschte Gesicht des Landes. Man mußte dieses Bild auslöschen, diese Bevölkerung verbannen, sie verschwinden lassen, zumindest vorläufig, nur während der wenigen Tage, die der Fremde zu Besuch war. Der Befehl wurde ausgeführt. Razzia um Razzia. Sie pferchten uns hier zusammen und vergaßen uns. Völlig. Wir wurden vergessen. Wir haben uns untereinander geschlagen. Ich bin der letzte Überlebende, derjenige, der verschwinden sollte, weil sein Zeugnis furchtbar ist. Sagen Sie diese Worte weiter. Erzählen Sie alles, was Sie hier gesehen haben. Es ist kein Alptraum. Wir sind keine Gespenster. Wir sind Menschen, die zu Abfall wurden, für immer vergessen. Niemand kam, um uns zurückzufordern. Sie sind das erste menschliche Wesen, das diesen Schuppen betritt ...

Wahrscheinlich hatte ich mich an diesen Ort verirrt. Meine stechenden Schmerzen hatten mich dorthin gezogen. Ich war wach, und es war eine Vision. Alles stimmte. Diese Geschichte fand im Winter statt. Die Leute in der Stadt sprechen noch immer davon. Man entdeckte alle jene Körper an dem Tag, an dem man den Markt öffnete, um eine neue Ausstellung vorzubereiten. Die Angst war stärker als das Leid. Die Angst und der Ekel. Ich betastete meinen Körper. Fleisch und Knochen waren wund.

Lange Zeit unterdrückte ich mein Bedürfnis zu urinieren. Ich wußte, daß es mir sehr weh tun würde. Mein Unterleib war geschwollen. Beim Urinieren hielt ich den Atem an. Ich war schweißgebadet.

Die Stimme des sterbenden Mannes war in mich eingedrungen und vermischte sich schließlich mit der meinen, wurde meine eigene Stimme. Ich hörte nicht mehr den Sterbenden, sondern sprach in meinem Innern, endlos wiederholend, was er mir anvertraut hatte. Merkwürdigerweise linderte diese Aneignung meine Schmerzen.

Zwei Nächte verbrachte ich so, zwischen Fieber, Schmerz und Angst.

Meine Verstümmelung war Ausdruck einer Rache. Doch wie waren meine Schwestern auf diese barbarische Idee gekommen? Später erfuhr ich, daß die Tortur, der sie mich unterzogen hatten, eine Operation ist, die in Schwarzafrika, in einigen Gegenden Ägyptens oder des Sudans, häufig praktiziert wird. Sie soll den jungen Mädchen, die zum Leben erwachen, jede Möglichkeit der Begierde und Lust nehmen. Ich erfuhr auch, daß weder der Islam noch irgendeine andere Religion diese Art Massaker je gestattet haben.

Die Stimme des Sterbenden, die in mir wohnte, wurde klar und deutlich:

– Die Wärterin ist eine Sklavin, die man vor langer Zeit aus dem Süden geholt hat ... Es ist eine Hexe, Expertin in Foltermethoden ...

Bestimmt war sie es, die meinen Schwestern einflüsterte, mich zum Krüppel zu machen und endgültig aus dem Leben auszuschließen.

Das anhaltende Fieber war die Folge der Infektion. Wut floß in meinem Blut und verwirrte alles in meinem Geist. Meine Visionen wurden immer düsterer. Meine Stimme veränderte sich. Ich hatte den Eindruck, vom Tod besessen zu sein. Um mich davon zu befreien, mußte ich erzählen, was ich in dem Schuppen gesehen hatte. Ich suchte jemanden, mit dem ich sprechen konnte. Weder eine Wärterin noch eine Krankenschwester. Als ich mich zur Krankenstation schleppte, hatte ich das Glück, genau in dem Augenblick im Flur zusammenzubrechen, als ein Arzt vorbeikam. Ich war halb bewußtlos. Er war wütend. Er brüllte und schimpfte alle Welt Wilde und Barbaren. Jemand aus der Verwaltung zeigte ihm das Papier, auf dem ich zugab, mich selbst verstümmelt zu haben. Sein Zorn wurde noch heftiger. Ich kam sofort ins Krankenhaus. Er behandelte die Infektion und wartete einige Tage, bis er unter Narkose die Fäden zog, die die Lippen meiner Vagina verschlossen. Als ich ihm erzählte, wie die Dinge sich zugetragen hatten, mochte er mir kaum glauben. Er wollte die Polizei einschalten, aber dann hob er die Arme, um seine Ohnmacht auszudrücken:

– Hier sind alle bestochen. Niemand wird Ihre Geschichte glauben. Die Polizei wird die Aussagen der Wärterinnen nicht in Zweifel ziehen. Und außerdem gibt es da dieses von Ihnen unterschriebene Papier. Aber warum? Was haben Sie diesen Frauen denn angetan?

Er beruhigte mich über meinen Allgemeinzustand und versprach, alles zu tun, um mich so lange wie möglich im Krankenhaus zu behalten.

– Immerhin besser als das Gefängnis! sagte er.

Trotz der Medikamente hatte ich noch Schmerzen. Ich war davon überzeugt, daß ich weiter leiden würde, wenn ich nicht erzählte, was ich im Schuppen gesehen hatte. Jene Bilder und die Worte des Sterbenden belasteten mich seelisch und körperlich. Jedes Wort war wie ein spitzes Kristall, das sich in die empfindlichen Stellen meines Körpers bohrte.

Ich fragte den Arzt, ob er nach der Arbeit einen Augenblick Zeit für mich hätte. Er zögerte kurz, dann akzeptierte er. Ich begann ihn vor dem außergewöhnlichen Aspekt meiner Visionen zu warnen und daß sie mich selbst dann, wenn sie nicht existieren sollten, krank machten.

– Ich bin nicht verrückt, sagte ich ihm, aber ich lebe in einer Welt, in der nicht viel Logik herrscht. Glauben Sie mir; ich bitte Sie nur, mir zuzuhören.

Ich erzählte ihm in allen Einzelheiten meine nächtliche Wanderung. Er schien nicht überrascht zu sein. Er nickte, als sei diese Geschichte überhaupt nicht ungewöhnlich. Als ich zu Ende gesprochen hatte, stand er auf und sagte:

– Diese Geschichte haben Sie vielleicht nicht erlebt, aber sie ist wahr. Die Polizei hatte Bettler eingesperrt und sie dann vergessen. Die Presse hat nicht darüber berichtet. Aber hier ist das Gerücht eine sichere Informationsquelle. Alle Welt wußte es, aber niemand hat es nachgeprüft. Also ist es eine unglaubhafte Geschichte geworden. Was mich wundert, ist die Beziehung zwischen Ihren Schmerzen und dieser Geschichte ...

– Sagen wir, daß ein großer Schmerz mir eine an Hellseherei grenzende Klarsicht verleiht!

Nach diesem Gespräch fühlte ich mich sehr viel besser. In jenen Tagen dachte ich nicht an den Konsul. Ich hatte ihn zwar nicht vergessen, aber mir lag daran, ihn nicht mit diesen Geschichten von Blut und Tod zu behelligen. Er wußte nichts von meinem Krankenhausaufenthalt. Wenn er ins Gefängnis kam, sagte man ihm, ich wolle ihn nicht sehen. Sicher ahnte er etwas. Er dachte, ich sei krank, deprimiert, und wage es nicht, ihm ein fahles, freudloses Gesicht zu zeigen. Ihm lag sehr an dieser Version der Dinge. Für ihn gab es das, was man zeigen und sehen konnte, und das, bei dem das nicht möglich war. Als er ins Krankenhaus kam, fragte er mich als erstes:

– Sind Sie nun bereit, mir Ihr Gesicht zu zeigen?

Er ahnte nicht das geringste von der blutigen Prüfung, die ich durchgemacht hatte.

Mein Gesicht sehen, das war seine erste Geste. Er setzte sich auf die Bettkante und streichelte mir mit seinen Händen sanft die Stirn, die Wangen, die Nase, den Mund, das Kinn.

– Sie haben viel geweint, und außerdem sind Sie abgemagert! Sie dürfen sich nicht so vernachlässigen! Das ist nicht gut.

Der Arzt war es, der ihn beiseitenahm und ihm den Grund für meinen Krankenhausaufenthalt nannte. Zu mir sagte er nichts darüber. Er nahm meine Hand und drückte sie heftig. Als er ging, strich ich mit den Fingern über meine Wangen und fühlte Flaum. Ich hatte mich vernachlässigt. Mein Gesicht war traurig. Seit mehreren Tagen hatte ich mich nicht mehr gewaschen. Am Abend schloß ich mich ins Badezimmer ein und pflegte mein Äußeres.

Der Konsul besuchte mich oft. Er brachte mir Blumen, Obst, Parfum. Er kam nie mit leeren Händen. In keinem Augenblick erwähnte er mir gegenüber, was vorgefallen war.

Ich schätzte diese Diskretion; gleichzeitig beunruhigte sie mich. Wie sollte ich dieses Schweigen deuten? War es Ausdruck einer Komplizenschaft, seiner Solidarität, oder war es Zeichen eines Unbehagens, das langsam einen Graben zwischen uns aufwarf? Es fiel mir schwer, das Thema anzusprechen. Wenn er kam, fragte er mich nach meinem Schlaf und ging dann zu etwas anderem über. Manchmal diskutierte er mit dem Arzt, aber nicht in meiner Anwesenheit. Später erfuhr ich, daß eine der Fragen, die ihn bedrängten, sich darum drehte, ob ich Kinder bekommen könnte oder nicht. Das quälte ihn, aber er zeigte es nicht. Auch ich dachte daran. Vorher hatte ich jeden Gedanken an Schwangerschaft, Geburt, Erziehung verworfen. Ich hatte keine Zeit gehabt, mich mit der Idee zu befassen, einmal Mutter zu sein. Ich gestehe, daß ich bei den seltenen Malen, wo ich sexuelle Beziehungen mit dem Konsul hatte, überhaupt nicht daran gedacht hatte. Daran sieht man, wie neu das alles für mich war und daß ich meinen Körper noch immer als einen Sack voll Sand betrachtete. In all meiner Unsicherheit sah ich mich als eine mit Stroh ausgestopfte Vogelscheuche, die die Raben anlockte, statt sie zu erschrecken; einige begnügten sich damit, ihr Nest auf meinen Schultern zu bauen, während andere so weit gingen, mir an der Stelle der Augen Löcher zu hacken. Ich verlor das Gefühl für meine Anwesenheit auf der Welt. Ich löste mich auf. Ich hatte den Eindruck zu zerfallen und mich endlos wieder zusammenzusetzen. Alles kehrte mit der Heftigkeit eines Sturmwinds im Kopf zurück. Alles vermengte sich. Ich suchte nach einem Mittel, vom Schmerz befreit zu werden, nicht nur von jenem Schmerz, der gleich einem Gift in meinem Blut floß, sondern auch von dem, den ich nach den Besuchen des Konsuls zu spüren begann. Er kam und blieb stumm. Seine Gegenwart war tonnenschwer. Er wirkte äußerst niedergeschlagen. Das Unglück hauste in ihm. Ich wurde immer unsicherer, geriet ins Wanken, versank in der Wirrnis und in alptraumartigen Visionen. Von neuem fand ich mich allein wieder, ohne Narkose den letzten Schlägen eines Schicksals ausgesetzt, in dem das Unglück, die Traurigkeit und die Gewalt jegliches Mitleid verwarfen. Ich beschloß, ins Gefängnis zurückzukehren. Diese halbe Freiheit, umgeben von einem Weiß, das meinen Augen grausam war, verstärkte nur meine Verwirrung. Ich mußte den Arzt anflehen, mich wieder in meine Zelle zu schicken.

Ich war gerade dabei, mich für den Umzug vorzubereiten, als der Konsul das Zimmer betrat. Er wirkte etwas weniger traurig als sonst. Er brachte mir einen Bund Minze mit und sagte:

– Machen wir Tee, wie früher.

Ich hatte das sehr starke Gefühl, das keinen Raum für irgendeinen Zweifel ließ, daß endgültig etwas zwischen uns zerbrochen war. Ich könnte nicht sagen, warum. Ich fühlte es und war nicht erstaunt.

Wir machten keinen Tee. Ich verkündete ihm, daß ich ins Gefängnis zurückginge. Er sagte nichts. Und doch war er gekommen, um mit mir zu sprechen. Er setzte sich auf einen Stuhl, ich saß auf der Bettkante. Nach einem langen Schweigen sah ich, daß er errötete.

– Bitte, hören Sie auf, sich zu bewegen.

– Ich bewege mich doch gar nicht ...

– Nein, ich weiß, aber es ist ein solches Kommen und Gehen in Ihrem Kopf ... ich höre Ihre Gedanken, die aneinanderstoßen.

Dann sagte er in ruhigerem Ton:

– Heute haben meine Hände nicht die Kraft, Sie zu betrachten. Sie sind müde. Sie fühlen sich nutzlos und schuldig. Ich weiß, daß sie negativ sind. Ich hatte Gewissensbisse, weil ich Ihrer Begeisterung und Ihrem Mut nie gewachsen war. Ich bin dazu verurteilt, nie die Begeisterung kennenzulernen. Schon als Kind befand ich mich mitten in der Tragödie, und der Befehl, den ich vom Himmel oder vom Leben erhielt, zwang mich, standzuhalten, den Faden des Lebens nicht zu unterbrechen, mein Sein zu festigen, damit es keine

Ausnahme, sondern ein normales Sein werde. Es gelingt mir nicht, Ihnen zusammenhängend all das zu sagen, was ich denke und glaube. Ich habe den Tod der Sitzenden akzeptiert, aber nicht Ihren Weggang und Ihre Gefangenschaft. Seither suche ich unablässig einen Unterschlupf, einen Ort des Friedens für meine Gedanken, für meinen müden Körper. Ich versuche, die vernähten Lippen meiner Mutter unter der Erde zu öffnen. Ihre Stimme zu hören, und wäre es nur ein einziges Mal ... mich segnen oder mich verfluchen hören ... aber sie hören. Ich weiß, daß ich die Reise der Finsternis antreten muß, weit weg von allem, in der Wüste, im äußersten Süden. Im Augenblick schreibe ich, und ich muß Ihnen gestehen, daß ich es unter Ihrem Diktat tue. Was ich schreibe, erschreckt und beherrscht mich. Woher haben Sie diese Kraft, das Leben zu durchqueren und es mit Arroganz, ich meine mit Mut in Verwirrung zu bringen? Wenn ich früher für mich alleine schrieb, tat ich es nachts. Jetzt erreicht mich Ihre beladene Stimme morgens. Ihre Gedanken durchqueren die Nacht und kommen am frühen Morgen an. Meine Rolle besteht darin, sie zu ordnen und niederzuschreiben. Ich greife nur wenig ein. Ihre Geschichte ist schrecklich. Im Grunde weiß ich nicht, ob es Ihre Geschichte ist oder die einer Konstellation, die uns alle übersteigt, etwas, was in Lichtbündeln der Milchstraße entströmt, weil von Mond, Schicksal und Rissen im Himmel die Rede ist. Ich sage es Ihnen, Sie selbst sind das Geheimnis, in dem ich gefangen bin. Ich kann mich von ihm nur befreien, wenn ich bis ans Ende dieser Geschichte gehe. Aber was werde ich am Ende dieses Wegs finden? Sie gehören nicht zu denen, die eine Geschichte beenden. Sie gehören eher zu denen, die sie offen lassen, um eine unendliche Geschichte daraus zu machen. Ihre Geschichte ist eine Reihe von Toren, die sich auf weiße Gefilde und sich drehende Labyrinthe öffnen; manchmal kommt man in eine Steppe und manchmal zu einem alten verfallenen Haus, einem über schon seit langem verstorbenen Bewohnern geschlossenen Haus. Wahrscheinlich ist das

Ihre Geburtsstätte, eine verfluchte Stätte, unter dem Gesetz der Abwesenheit und des Vergessens. O Freundin! Seit ich Ihre Stimme bin, seit sie mich zu seidenumhüllten und blutbefleckten Nächten führt, bewege ich mich in fremdem Land. Ich weiß genau, daß ich nicht phantasiere ... aber ich bin Ihrer Sehergabe nahe. Wie Ihnen sagen, daß ich durch eine enge Pforte gehen muß, um Sie zu erreichen? Ich höre Sie, und meine Hände suchen Sie. Aber ich weiß, daß Sie weit weg sind, auf einem anderen Kontinent, dem Vollmond näher als meinem Blick. Und ich sehe Sie bald als Mann, bald als Frau, als herrliches Geschöpf der Kindheit, das sich der Freundschaft, der Liebe entzieht. Sie sind außerhalb jeglichen Zugriffs, ein Wesen der Dunkelheit, ein Schatten in der Nacht meiner Leiden. Manchmal schreie ich, ohne mir dessen bewußt zu sein: »Wer sind Sie?« Manchmal habe ich den Eindruck, daß ich seit dem Drama in einen Fluch eingeschlossen bin, von Ihrer Familie verhext, von bösen Händen gewoben. Ich möchte Sie bitten, Sie sogar anflehen, so zu bleiben, wie Sie sind, Ihren Weg fortzusetzen, denn weder das Gefängnis noch die Tränen der anderen können Sie aufhalten. Ich habe lange auf Sie gewartet. Sie sind mit der fremdartigen Anmut eines verirrten Tiers in mein Leben getreten. Mit Ihnen ist mein Herz zu einer Bleibe geworden. Seit sie fortgegangen sind, lebe ich nicht mehr dort. Meine Einsamkeit ist nackt; sie wird nicht mehr von Ihren kleinen Aufmerksamkeiten beschützt. Nur Ihre Stimme beseelt meinen Körper, und ich schreibe. Auch wenn ich erschrecke, schreibe ich nieder, was Sie mir erzählen. Ich bin gekommen, um Abschied zu nehmen und um Vergebung zu bitten. Unsere Geschichte war unmöglich geworden. Ich werde Sie anderswo und auf andere Weise weiterleben ... Ich gehe fort, dorthin, wo meine Blindheit wirklich zum Gebrechen wird, ein verhängnisvolles Schicksal, dem ich trotz Ihres Besuchs nicht zu entrinnen vermochte. Schließlich sollen Sie noch wissen, daß ich Ihre Schönheit mit meinen Händen kennengelernt habe und daß mir das eine Erregung ähnlich derjenigen eines Kindes bescherte, das das Meer entdeckt. Meine Hände bleiben mir, ich bedecke sie mit einem feinen Stoff, denn sie bewahren die Spuren Ihrer Schönheit wie ein Geheimnis. Ich sage Ihnen das, weil ich auch gelernt habe, daß diese Erregung die Besonderheit hat, einzigartig zu sein. Ich schließe meine Augen und meine Hände über ihr und bewahre sie, ewig. Adieu, meine Freundin!

Meine Geschichte, mein Gefängnis

Die Beichte des Konsuls ließ mich bestürzt zurück, jedoch mit der Gewißheit: meine Geschichte, diejenige, die ein Kind aus Sand und Wind aus mir gemacht hatte, würde mich mein Leben lang verfolgen. Sie würde mein ganzes Leben sein und nichts anderes neben sich dulden. Alles, was ich noch kennenlernen würde, wäre auf die eine oder andere Weise eine ihrer Fortsetzungen, eine ihrer unmittelbaren oder verkleideten Erscheinungen.

Meine Geschichte war mein Gefängnis; und die Tatsache, daß ich mich in einer grauen Zelle eingesperrt fand, weil ich einen Menschen getötet hatte, war nebensächlich. Überall, wo ich hinging, trug ich mein Gefängnis wie einen Panzer auf dem Rücken. Ich hauste darin, und mir blieb nichts anderes mehr übrig, als mich daran zu gewöhnen. Diese Abgeschiedenheit würde mir vielleicht helfen, einen nach dem anderen die Fäden zu zerreißen, die dieses fehlgeleitete Schicksal um mich gesponnen hatte. Ich war eine verschlossene Truhe, abgestellt in einem engen und versiegelten Schuppen. Ich stand unter einer erstickenden Betäubung, die von weit, von so weit her kam, daß ich mich fühlte, als hätte ich in meiner Lebenszeit schon Jahrhunderte durchmessen und erprobt.

Bevor der Konsul mich verließ, gab er mir ein gefaltetes Blatt Papier. Ich öffnete es. Es war eine Zeichnung darauf oder vielmehr der Plan einer Straße. Ein Pfeil wies ungeschickt gen Süden, ein anderer gen Norden. In der Mitte befand sich eine Palme und nicht weit davon Wellen, so gezeichnet, als wären es Vögel mit ausgebreiteten Flügeln. Auf der Rückseite des Blattes stand:

> Nur die Freundschaft, völlige Hingabe der Seele, absolutes Licht, Licht auf Licht, in dem der Körper kaum mehr sichtbar ist. Die Freundschaft ist eine Gnade; sie ist meine Religion, unser Gefilde; nur die Freundschaft wird Ihrem Körper die Seele zurückgeben, die übel zugerichtet worden ist. Folgen Sie Ihrem Herzen. Folgen Sie der Erregung, die durch Ihr Blut fließt. Adieu, meine Freundin!

Danach verzichtete ich auf die Augenbinde und auf meine Irrfahrten durch die Finsternis. Die Idee von einem großen Licht begann von mir Besitz zu ergreifen. Ein Licht, das vom Himmel oder von der Liebe käme, das so stark wäre, daß es meinen Körper durchsichtig machte, daß es ihn reinigte und ihm das Glück zurückgäbe, erstaunt zu sein, die Naivität, die Dinge in ihrem Beginn zu begreifen. Diese Idee erregte mich. Ich widmete mich vollständig ihrer Erarbeitung, so daß das Bild des Konsuls sich auflöste, verschwommen und ungreifbar wurde. Ich hatte seine Spur verloren. Ich dachte ihn mir auf den Straßen, vielleicht auf einer Insel oder sogar unter der Erde.

Im Gefängnis fand ich das Leben ganz natürlich. Ich vergaß das Bedürfnis nach Freiheit. Die Gefangenschaft bedrückte mich nicht. Ich fühlte mich verfügbar. Die Frauen suchten mich auf, brachten mir Briefe zu schreiben, immer für die anderen. Ich war froh, daß ich gefällig, nützlich sein konnte. Man gab mir ein kleines Büro, Papier und Schreibstifte. Ich war eine Vertraute und Ratgeberin geworden. Der einzige Nutzen, den ich daraus zog, war eine innere Befriedigung, eine Beschäftigung, die mich von meinem eigenen Gefängnis entfernte. Gleichzeitig glichen meine Nächte mehr und mehr einem Auszug; sie leerten sich nach und nach von ihren dubiosen und oft monströsen Mietern. Alle Personen, die ich während meines Lebens angehäuft hatte, wurden gebeten, den Platz zu räumen. Ich vertrieb sie schonungslos. Sobald ich die Augen schloß, sah ich sie wie Phantome im dichten Nebel aus dem Zug steigen. Sie waren schlechter Laune. Manche protestierten, andere drohten wiederzukommen und sich zu rächen. Dieser plötzliche Mangel an Gastfreundschaft hatte sie überrascht. Ich gewahrte, daß sie alle verkrüppelt waren, unausgeschlafen, fassungslos. Sie lahmten. Es gab sogar einen Einbeinigen, der sich mit großer Geschwindigkeit fortbewegte und dabei den Nachzüglern Fausthiebe versetzte. Im Grunde mußten sie froh sein, diesen Panzer zu verlassen, in dem alles verfiel. Meine Nächte ähnelten mehr und mehr dem Bahnsteig eines stillgelegten Bahnhofs. Und indem die Personen aus meinen Nächten herausfielen, verloren sie sich im Dunkeln. Ich hörte ihre sich entfernenden Schritte, dann Stille und zuweilen das Geräusch eines Falls.

Tagsüber war ich von meiner Arbeit als öffentliche Schreiberin in Anspruch genommen. Die Nacht verbrachte ich mit Aufräumen. Denn nach ihrem Auszug hatten sie eine Menge alter Dinge zurückgelassen, die sich in meinem Gedächtnis verklemmten und mich nicht in Ruhe ließen.

Ich hatte lange gebraucht, in meinem Kopf Ordnung zu schaffen. Es hat Monate gedauert. Unter den Bildern, die ich verlor, befand sich auch das des Konsuls. Dabei hatte ich ihn nicht aussteigen sehen. Ich wußte nur, daß er nicht mehr in mir war. Lediglich die Erinnerung an unsere umschlungenen Körper tauchte von Zeit zu Zeit lebhaft wieder auf. Man kann ein Gesicht vergessen, aber die Wärme eines Gefühls, die Sanftheit einer Geste, den Klang einer zärtlichen Stimme kann man nicht aus dem Gedächtnis tilgen.

Meine aktive Phase hatte zur Folge, daß mich die Gefängnisleitung offiziell zur »staatlichen Schreiberin und Sekretärin« ernannte. Ich mußte auch die Post des Direktors erledigen, der nur eine einzige Art von Briefen schreiben konnte. Als Gefängnisbeamtin, wenn auch als inhaftierte, mußte ich vorschriftsmäßige Kleidung tragen: graue Weste und Hose, blaues Hemd, schwarze Krawatte, marineblaue Mütze, schwarze Schuhe.

Anfangs störte mich diese Tracht. Aber ich hatte keine Wahl. Es war eine Gunst, die einem Befehl gleichkam. Die Arbeit, vor allem in Uniform, half mir, mich von mir selbst zu entfernen. Das Bild des Konsuls wurde immer blasser, bis es nur noch ein zuckender Punkt inmitten einer Flamme war. Meine Erinnerungen fielen ab; ich verlor sie allmählich, so wie andere ihre Haare verlieren. Mein Kopf glänzte, und keine Erinnerung hakte sich in ihm fest.

Wenn ich morgens meine Uniform anzog, betrachtete ich mich im Spiegel. Ich lächelte. Von neuem war ich in einem Männergewand. Aber es war keine Verkleidung mehr. Es war eine Amtstracht. Die Frauen kleideten sich wie die Männer, um streng auszusehen und sich durchzusetzen. Zwar erteilte ich niemandem Befehle, dennoch grüßten mich die Gefangenen, als wäre ich ihr Vorgesetzter. Es war lächerlich. Einige nannten mich, vielleicht ohne Absicht, »Monsieur«. Ich berichtigte sie nicht. Ich ließ den Zweifel bestehen, aber ich hatte ein ruhiges Gewissen dabei. Ich täuschte niemanden. Ich pflegte mein Gesicht. Ich schminkte mich stärker als früher. Ich war kokett geworden. Im Gefängnis spielt man trotz allem weiter mit dem Äußeren. Mir stand der Sinn nicht mehr nach Spielen.

Meine Stellung hatte sich nach und nach verbessert. Man gewährte mir einige Privilegien. Man betrachtete mich weder ganz als Gefangene noch als Verwaltungsbeamtin wie die anderen. Von einigen wurde ich beneidet, von anderen gefürchtet. Ich bewegte mich zwischen den beiden Lagern wie zwischen zwei Sprachen.

Wenn es wenig zu schreiben gab, versammelte ich die Gefangenen und las denen, die es wollten und sich noch für das Leben außerhalb der Mauern interessierten, aus den einige Tage alten Zeitungen vor. Die Ereignisse, die die Welt erschütterten – Kriege, Staatsstreiche – berührten sie nicht. Sie wollten vermischte Nachrichten hören. »Blut! Liebe!« riefen sie. Verbrechen aus Leidenschaft, das war es, was sie mochten. Die Lesestunden wurden zu Abenden, an denen ich Geschichten erzählte. Ich erfand sie während des Erzählens. Das Schema war immer dasselbe: eine unmögliche Liebe, die blutig endete. Es machte mir Spaß, Personen und Situationen zu erfinden. Manchmal verlor ich mich in Abschweifungen, bis die Zuhörerschaft, die meine Kommentare in den Wind schlug, massiv eingriff, sie brachte mich zu den nackten Tatsachen zurück. Wenn es Radau gab, brach ich die Erzählung ab. Mein Talent als Erzählerin erschöpfte sich schnell. Ich erzählte immer dieselbe Geschichte, die Geschichte zweier Menschen, die sich im Risiko und in der Gefahr der Heimlichkeit lieben. Dann das Drama, die Entdeckung des Verbotenen, die Buße und die Rache.

Einige Frauen suchten mich persönlich auf und erzählten mir ihr Leben. Sie fabulierten viel; sie glaubten, ihr Leben sei ein Roman und ihr Schicksal das einer verkannten Heldin. Im Gefängnis blieben ihnen nur die Wörter zum Leben. Also benutzten sie sie aufs Geratewohl. Sie erfanden eine Geschichte voller Abenteuer. Ich hörte ihnen geduldig zu. Ich hatte nur wenige Erfahrungen im Leben gesammelt. Durch diese Berichte lernte ich viel über die Sitten meiner Gesellschaft, über die Kleinlichkeit der Menschen, über die Größe und die Schwäche der Seele. Mir wurde bewußt, wie behütet ich in meiner Kindheit und Jugend gewesen war, wie sehr man Wind, Kälte und Hunger von mir ferngehalten hatte. Man könnte meinen, mein Vater habe mich unter Glas gesetzt, geschützt vor Staub und Berührung. Ich atmete mühsam, weil ich eine eiserne Maske trug, eingeschlossen in eine Familie, die selbst in Krankheit, Angst und Wahnsinn eingeschlossen war. Mein Leben als verkleideter Mann war mehr gewesen als eine Sünde, eine Verleugnung, ein Irrtum. Wäre ich ein Mädchen unter den Mädchen gewesen, dann wäre mein Schicksal vielleicht gewaltsam gewesen, aber nicht elend, von Schande, Raub und Lüge befleckt.

Zwischen den grauen Mauern konnte ich diese Litanei nur wiederkäuen. Mein Blick hatte keine Harmonie mehr. Er heftete sich nur zufällig auf etwas. Er war gleichgültig geworden. Es kam vor, daß ich mich nutzlos fühlte. Was dann einen tiefen Zorn hervorrief. Ich befand mich erneut an dem verfluchten Ort, wo mein Vater begraben lag. Ich wurde ein schädlicher Schatten. Ich grub ihn aus und trat ihn mit Füßen. Ich war verrückt. Wenn ich an die Freiheit dachte, fühlte ich mich schlecht und hatte Schweißausbrüche.

Mit der Zeit und den kleinen Gewohnheiten waren die Dinge in mir erloschen: meine Wutanfälle verschwanden, meine Gefühle waren weiß, von jener Weiße, die ins Nichts und in den langsamen Tod führt. Meine Erregungen hatten sich in einem See stehenden Wassers aufgelöst; mein Körper war in seiner Entwicklung stehengeblieben; er verändert sich nicht mehr, er erlosch, um sich nicht mehr zu regen und nichts mehr zu empfinden; er war weder ein voller und begehrender Frauenkörper noch ein heiterer und starker Männerkörper; ich war zwischen beiden, das heißt in der Hölle.

Die Hölle

Sie waren lange gewandert. Schweigend. Seit Sonnenaufgang. Man konnte sie schon von ferne erkennen. Sie gingen in kleinen Gruppen. Sie kamen von weit her; manche aus dem Norden, andere aus dem Osten. Das Verlangen, auf dieser Düne anzukommen und diesen mythischen Ort zu betreten, Quelle allen Lichts, ließen den Hunger, den Durst und die Müdigkeit auf ihrem Gesicht vergessen. Ihre Lippen waren von Hitze und Wind aufgesprungen; einige bluteten aus der Nase; alle nahmen diese Unbilden hin. Keine Mattigkeit und keine Reue. Sie gingen durch den Sand, bis sie mit dessen Bewegungen verschmolzen, und trugen ihren Schatten wie eine Standarte, um die letzte Düne zu begrüßen, um den trockenen und kalten Morgenwind zu vergessen, um genau in dem Augenblick einzutreffen, wo das Licht mild und unentschieden ist, in dem Augenblick, wo es die Sonne vertreibt und sich an der Schwelle der Nacht mit dem Himmel vermählt. Genau in diesem Augenblick, dessen Dauer sich nicht bestimmen läßt, galt es einzutreffen. In meiner Einsamkeit hatte ich beschlossen, daß hier die Ewigkeit beginnen sollte. Jeder Fußmarsch mußte in diesem Licht enden und mit ihm verschmelzen. Die Wüste hat ihre Gesetze und die Gnade ihre Geheimnisse.

Diejenigen, die diese Reise antraten, stellten keine Fragen. Sie wußten, daß sie in dem Augenblick eintreffen mußten, wo das Licht den Übergang vom Tag zur Nacht sichert. Das war eine der Bedingungen dafür, daß ihr Bittgang zu der Heiligen Gehör fand.

Ich war heilig und ohne Mitleid. Bald Statue, bald Mumie, regierte ich. Ich hatte kein Gedächtnis mehr und kam von nirgendwo. Mein Blut mußte weiß sein. Und meine Augen wechselten die Farbe mit der Sonne.

Meist waren es junge Frauen. Begleitet von ihrer Mutter oder ihrer Tante, wagten sie der Sonne nicht ins Gesicht zu sehen. Ihre Augen mußten gesenkt bleiben, auf den Sand starren, den ihre in dicke Wollsocken gehüllten Füße schweigend scharrten und prägten.

Sie hatten von der Heiligen des Sandes gehört, der Tochter des Lichts, deren Hände die Gnade und Macht besaßen, das Unabänderliche aufzuhalten, das Unglück zu verhindern und vielleicht sogar die Unfruchtbarkeit des Körpers der jungen Frauen zu beheben. Sie kamen hierher, nachdem sie alles andere ausprobiert hatten. Ich war ihre letzte Rettung.

Alles muß in der Stille vor sich gehen. Die Stille an diesem Ort hatte die Farbe trockener Kälte, wie etwa das Blau. Sie zwang sich auf wie ein Licht, das sich zwischen die Steine drängt. Nur ein fernes Echo, der Schrei eines Kindes, bewohnte ständig ihren Geist.

Ich saß auf einem Thron, die Hände in weißen Handschuhen, das Gesicht verschleiert. Eine nach der anderen rutschten die Frauen auf den Knien durch den Raum, den Kopf gesenkt. Ein halber Meter trennte mich von ihnen. Sie küßten meine Hand und hoben ihr Kleid hoch. Ich mußte sanft ihren flachen Bauch streicheln und leicht über ihren Schamhügel streichen.

Ich zog den Handschuh aus und vermittelte ihnen die Wärme, die sie im Prinzip fruchtbar machen sollte. Manchmal bearbeiteten meine Finger den Unterleib mit voller Kraft, als wäre es weiche und feuchte Erde. Die Frauen waren glücklich; manche hielten meine Hand auf ihrem Bauch fest und schoben sie zu ihrer Vagina. Sie meinten, daß die Liebkosungen nicht ausreichten. Um noch sicherer zu sein, zwangen sie meine Finger, ihre Haut zu quetschen, sie bis zur Wunde zu zeichnen. Ich war unermüdlich. Die ganze Nacht zogen die Frauen vorüber. Das Gesetz – das Gesetz dieses Ortes und eines allgegenwärtigen, aber unsichtbaren Meisters – zwang sie, bei Morgengrauen aufzubrechen, mit dem ersten Schein der Sonne. Wenn ich sehr jungen Frauen gegenüberstand, war ich bestürzt. Sie waren zuweilen so jung, daß ich sie nicht zu berühren wagte. Ich begnügte mich damit, meine Finger in eine Schale mit Arganöl zu tauchen, und legte sie ganz behutsam auf ihre Lippen. Einige leckten sie, andere wandten den Kopf ab, vielleicht wegen des starken Geruchs dieses Öls. Häufig versetzte ihre Mutter ihnen einen Schlag auf den Nacken und zwang sie damit, ihr Gesicht in meiner Hand zu beschmieren.

Die Hölle lernte ich später kennen. Es war in einer jener hellen Nächte, in denen alles maßlos ist: die Geräusche verstärkten sich, die Gegenstände bewegten sich, die Gesichter verwandelten sich, und ich war verloren und übel zugerichtet.

Wie gewöhnlich saß ich, die Hand bereit für das Ritual. Ich führte die Gesten ganz mechanisch aus. Alles kam mir liederlich, falsch, unmoralisch und grotesk vor. Mit einemmal wurde es still im Marabut. Die Frauen standen Schlange, um aus meiner Hand den Schlüssel ihrer Erlösung zu empfangen.

Die Hölle war in mir, mit ihrer Unordnung, ihren Halluzinationen und ihrem Wahnsinn.

Ich wußte nicht, was ich tat. Der nackte Bauch, der sich mir darbot, war behaart. Meine Hand glitt ein wenig nach unten und traf auf ein erigiertes Glied. Ich zog sie zurück und betrachtete das Gesicht, das sich zu verbergen suchte. Mit leiser Stimme sagte er zu mir:

– Es ist lange her, daß du fortgegangen bist. Warum hast du uns so plötzlich verlassen? Du hast uns nur deinen Schatten gelassen. Ich konnte nicht mehr schlafen. Ich suchte dich überall. Ergib dich jetzt! Gib mir meinen Atem zurück, mein Leben, gib mir die Kraft wieder, ein Mann zu sein. Deine Macht ist ungeheuer. Das ganze Land weiß es. Es ist lange her, daß du fortgegangen bist. Lege deine Hand wieder auf meinen Bauch. Zögere nicht, ihn mit deinen Fingernägeln zu zerkratzen. Wenn ich schon leiden muß, dann wenigstens durch deine Hände. Du bist schön und unerreichbar. Warum hast du dich vom Leben entfernt, warum sitzt du im Schatten des Todes? ...

Die Kapuze seiner Djellaba verbarg sein Gesicht. Ich hatte Angst vor dem, was ich entdecken könnte. Diese Stimme war mir möglicherweise bekannt. Ich brauchte die Kapuze nicht zurückzuschlagen. Er tat es selbst. Das Gesicht wechselte Farbe und Form. Bilder schoben sich eineinander, bildeten bald das Porträt meines Vaters, bald das des Onkels, den ich getötet hatte. Plötzlich erschien mir auf diesen archaischen Gesichtern das Bild des Konsuls mit offenen, glänzenden, lachenden Augen, hellen, vielleicht sogar blauen Augen. Der Mann sprach nicht mehr zu mir. Er sah mich an, musterte mich. Ich mußte die Augen senken. Ich beugte mich vor und küßte ihm die Hände. Ich hatte keine Lust zu reden. Ich spürte die ganze Wärme seines Körpers in mir aufsteigen, eine Wärme, die aus seinem offenen Blick kam, aus seinen von der Finsternis befreiten Augen. Diese Hitzewelle riß mir in kleinen Büscheln die Augenbrauen aus, dann meine Wimpern, dann Stücke Haut aus meiner Stirn.

Ich spürte einen Schmerz im Bauch, dann ward eine Leere, eine anhaltende Leere in mir. Mein Kopf war nackt. Die Schultern brannten, die Hände konnten sich nicht bewegen, und ich erlitt, ohne daß es jemand bemerkt hatte, als wären wir, dieser Mann und ich, in einen gläsernen Käfig eingeschlossen, ich erlitt die Zeit und ihre Schläge. Ich war eine Geschlagene und ging allein auf einer mit Marmor gepflasterten Straße, auf der ich zu fallen drohte. Mir wurde bewußt, daß ich im Begriff war, aus mir selbst herauszutreten, daß diese Inszenierung mit diesem Abgang in einem verwüsteten Körper enden mußte. Ich war voller alter Lumpen, diesem Licht ausgeliefert, das schön sein mußte, aber ich war kraftlos, gefühllos, von innen verbrannt, in den Strudel der Leere geworfen. Ich war von Weiß umgeben. Noch etwas unschlüssig sagte ich zu mir: »Das also ist der Tod! Eine Reise, barfuß, auf kaltem Marmor, und wir sind eingehüllt in ein Tuch aus Dampf oder in weiße Wolken. Es ist nicht unangenehm ... Aber wo ist der Ausgang, wo ist das Ende? Soll ich ewig unter diesem Licht sein, das mich verbrennt und mir keinen Schatten spendet? Dann ist es nicht der Tod, es ist die Hölle ...!

Eine unbekannte, aber deutliche Stimme sprach zu mir: »Eines Tages, nicht eines Nachts, die Nächte sind auf der andern Seite, eines Tages wirst du einen Raubvogel gebären, er wird sich auf deine Schulter setzen und dir den Weg weisen. Eines Tages wird die Sonne ein wenig zu dir herabsteigen. Du wirst ihr nicht entrinnen können. Sie wird deinen Körper unversehrt lassen, aber alles versengen, was er enthält. Eines Tages wird der Berg sich öffnen; er wird dich forttragen. Wenn du ein Mann bist, wird er dich behalten; wenn du eine Frau bist, wird er dir ein Geschmeide aus Sternen schenken und dich ins Land der unendlichen Liebe schicken ... Eines Tages ... Eines Tages ...«

Die Stimme verschwand. Vielleicht war es meine eigene Stimme, die man beschlagnahmt hatte. Man hatte mir wohl die Stimme weggenommen und ließ sie in den Wolken umherirren. Und nun sprach sie ganz allein. Ich konnte nicht das kleinste Wort sagen. Ich war der Stimme beraubt, aber ich hörte sie, fern von mir, von anderswo, andere Berge durchwandernd. Meine Stimme war frei. Ich aber blieb gefangen.

Meine schlaflosen Nächte waren bevölkert vom Bild dieser weißgewandeten Frauen, die mühsam über den Sand gingen. Sie lenkten ihre Schritte zu einem weißen Punkt am Horizont. Würden sie eines Tages an jenem Ort eintreffen, der nur in meinem Wahn existiert? Und selbst wenn wie durch ein Wunder eine glückliche Hand sie zum Grabmal einer Heiligen geleitete, würden sie dem Schwindel gegenüberstehen. Ich weiß es jetzt und kann es ihnen nicht sagen. Jedenfalls würden sie mir nicht glauben. Ich bin nur eine Verbrecherin, die ihre Strafe verbüßen muß und die diese Bilder benutzt, um die Langeweile zu überlisten! Vielleicht!

Aber das Leid, dasjenige, das Löcher in Kopf und Herz bohrt, dieses Leid kann man weder sagen noch zeigen. Es ist innerlich, eingeschlossen, unsichtbar.

Ich brauchte diese neuen Visionen aus Brandmalen und Fieber nicht, um das schwere Tor des Schicksals aufzustoßen. Ich würde hinausgehen. Ich hatte diese Eingebung, aber ich wollte das Gefängnis nicht mit all diesen quälenden Bildern verlassen. Wie sie loswerden? Wie es anstellen, sie auf den grauen Steinen meiner Zelle zu hinterlegen.

Ich band mir die schwarze Binde wieder um die Augen, zog mich aus und legte mich auf den Fußboden. Ich war vollkommen nackt. Der Zementboden war eiskalt. Mein Körper wärmte ihn.

Ich schlotterte. Ich hatte mir geschworen, der Kälte zu trotzen. Ich mußte mich dieser Prüfung unterziehen, um mich von jenen Bildern zu befreien. Ich mußte meinen Körper und meine Sinne an den Ort meiner Einschließung erinnern und daran, daß es trügerisch war, ihm durch Träume entrinnen zu wollen, die zu Alpträumen gerieten.

Wenn die Seele wund war, konnte der Körper nicht mehr lügen. Trotz der Feuchtigkeit und der Kälte, die meine Haut zerfraßen, schlief ich ein. Die Nacht war lang und schön. Kein Bild kam und unterbrach sie. Am Morgen hustete ich, aber ich fühlte mich besser.

Der Heilige

Als ich das Gefängnis verließ – man hatte mir einen Teil der Strafe erlassen –, weinte ich. Ich war glücklich, weil meine Augen voll Tränen standen. Das war mir schon sehr lange nicht mehr passiert. Meine Tränen waren glücklich, weil sie aus einem neuerwachenden Körper flossen, einem Körper, der wieder fähig war, ein Gefühl zu haben. Ich weinte, weil ich eine Welt verließ, in der es mir gelungen war, einen Platz zu finden. Ich weinte, weil niemand mich erwartete. Ich war frei. Ich war allein. Ich dachte kurz an den Konsul, aber ich wußte, daß er die Stadt verlassen hatte, daß er weit weggegangen war, dorthin, wo er sich vielleicht von unserer Geschichte befreien würde.

Ich hatte großes Verlangen, das Meer zu sehen, seinen Duft zu riechen, seine Farbe zu sehen, seinen Schaum zu berühren. Ich nahm einen Omnibus, der nach Süden fuhr. Wir fuhren die ganze Nacht. Die Leute rauchten und tranken Limonade. Sie störten mich nicht. Ich hielt die Augen geöffnet und wartete auf das Erscheinen des Meers. Am frühen Morgen sah ich zuerst einen leichten Nebel von der Erde aufsteigen. Es war wie ein riesiges Laken über dem Boden, ein Laken oder ein Schneefeld. Ich unterschied Kähne und Segelboote. Sie hingen gleichsam über einem Nebelschleier. Die Luft war weiß und lau. Es lag so etwas wie Unschuld in den Dingen, eine Art Magie, die sie ungefährlich machte. Die Gegenstände waren verschwommen, ungewiß. Vielleicht lag es an meinen Augen, die sich schlecht anpaßten. Der Traum mußte seine Bilder aus dieser weißlichen, von blauen Strahlen durchbrochenen Schicht schöpfen.

Es war Herbst. Ich trug eine Männerdjellaba. Ihre Wolle war dick und rauh. Mein Haar war in einem hübschen Tuch mit lebhaften Farben verknotet. Ich legte mir Rot auf die

Lippen und Khôl um die Augen. Ich betrachtete mich in einem kleinen Spiegel. Mein Gesicht belebte sich langsam wieder. Es leuchtete von innen. Ich war glücklich und leicht. In meiner Männerdjellaba mußte ich befremdlich und komisch aussehen. Die unausgeschlafenen Fahrgäste warfen mir beunruhigte Blicke zu. Ich lächelte sie an. Sie senkten die Augen. Bei uns können die Männer es nicht ertragen, von einer Frau angeschaut zu werden. Sie selber lieben es, zu schauen und zu mustern, aber immer von der Seite.

In dieser Stadt lag der Busbahnhof gegenüber dem Meer. Man brauchte nur über eine kleine Mauer zu steigen, und schon war man auf dem Sand. Ich ging langsam den menschenleeren Strand entlang. Ich schritt im Nebel voran. Ich konnte nur wenige Meter weit sehen. Als ich mich umschaute, hatte ich den Eindruck, von einem Nebelgürtel umringt zu sein, eingehüllt in einen weißen Schleier, der mich vom Rest der Welt trennte. Ich war allein, eingeschlossen in jene glückliche Einsamkeit, die einem großen Ereignis vorausgeht. Ich zog meine Pantoffeln aus. Der Sand war feucht. Ich spürte einen leichten, frischen Wind von weit her kommen und mich schieben. Ich ließ mich tragen wie ein Blatt, das davonschwebt. Mit einemmal kam ein starkes, fast unerträgliches Licht vom Himmel herab. Das Ganze war so brutal, daß ich die Vision hatte, die Quelle dieses Lichts sei ein aufgehängter Ballon. Es vertrieb den Nebel. Ich war nackt. Nichts mehr umhüllte oder schützte mich. Genau vor mir, auf dem Horizont, der sich wundersam genähert hatte, stand ein völlig weißes Haus. Es stand auf einem Felsen. Ich erklomm die Steine und gelangte zum Gipfel. Vor mir das Meer. Hinter mir der Sand. Das Haus war offen. Es hatte keine Tür mehr. Ein einziges, sehr geräumiges Zimmer. Keine Möbel. Der Boden war mit abgenutzten Matten bedeckt. Hängende Petroleumlampen mußten ein schwaches Licht spenden. In einer Ecke Männer. Einige schliefen, andere beteten stumm. Auf der anderen Seite Frauen und Kinder. Nur eine alte Dame betete. Ich näherte mich ihr und betrachtete sie. Sie sah mich nicht. Sie war in ihre Gebete versunken. Ich setzte mich neben sie. Ich tat, als betete ich. Ich machte eine falsche Geste. Das weckte ihre Aufmerksamkeit. Sie ähnelte auf sonderbare Weise der Sitzenden. Obwohl weniger beleibt, hatte sie dieselben Bewegungen, dieselbe Art, sich zu setzen. Ich hielt im Beten inne und betrachtete sie beunruhigt. Ihre Finger hielten eine Gebetskette; ihre Lippen bewegten sich kaum. Unsere Blicke kreuzten sich, dann, nach einer Weile, beugte sie sich zu mir und sagte:

– Endlich bist du da!

Sie war es wirklich! Die Sitzende! Ihre Stimme hatte sich nicht verändert. Ihr Gesicht hatte zwar ein paar Runzeln bekommen, aber es war heiterer, menschlicher geworden. Ich wich ein wenig zurück und sagte dann, ohne zu überlegen:

– Ja, ich bin da!

Ich stand im Bann irgendeiner Magie. Ich wollte etwas sagen, als sie meinen Arm nahm:

– Sprich leise, sonst weckst du den Heiligen auf.

Alles wurde klar in meinem Geist. Ich dachte, daß zwischen Leben und Tod nur eine sehr dünne Schicht aus Nebel oder Finsternis ist, daß die Lüge zwischen der Wirklichkeit und dem Schein Fäden spann, da die Zeit nur eine Illusion unserer Ängste ist.

Der Heilige erhob sich nach allen anderen. Er kam aus einer Tür im Hintergrund. Er war ganz in Weiß gekleidet und verschleiert und trug eine dunkle Brille. Männer und Frauen drängten sich, um ihm ehrerbietig die Hand zu küssen. Manchmal blieb ein Mann bei ihm stehen; er flüsterte ihm wohl irgendein Geheimnis ins Ohr. Der Heilige nickte, beruhigte ihn dann, als würde er ihn segnen.

Auch ich stand auf und stellte mich in die Reihe der Frauen. Dann bekam ich Lust zu spielen, ich stellte mich in die Reihe der Männer. In meiner Djellaba konnte man mich für einen Mann halten. Als ich dem Heiligen gegenüberstand, kniete ich nieder und nahm seine ausgestreckte Hand;

doch statt sie zu küssen, leckte ich sie und saugte an jedem ihrer Finger. Der Heilige versuchte, sie zurückzuziehen, aber ich hielt sie mit beiden Händen fest. Der Mann war verwirrt. Ich stand auf und sagte ihm ins Ohr:

– Schon seit langem hat mir kein Mann mehr das Gesicht gestreichelt ... Nur zu, betrachten Sie mich mit Ihren Fingern, sanft, mit der Fläche Ihrer Hand.

Er beugte sich zu mir und sagte:

– Endlich sind Sie da!